獣人王子のいとしい人
～奇跡の観覧車は愛を運ぶ～

Sasara Isehara
伊勢原ささら

CHARADE BUNKO

Illustration

八千代ハル

CONTENTS

「なんだよ、そのふてぶてしい態度はっ！」

いわれのない言いがかりをつけられるのはこれで何度目だろう。面倒だなという気持ちが溜《た》め息《いき》になって漏れてしまったのが、さらに相手の癇《かん》に障ったようだった。

アーロンに人差し指を突きつけ騒いでいるのは同じクラスの木下《きのした》だ。威勢のよさに反して不自然なほど距離を取っているのは、アーロンのことが怖いからだ。

稀少《きしょう》な肉食獣・ブルータイガーの獣頭は王者の風格で一見獰猛《どうもう》な印象を与えるが、その瞳には十七歳という年齢にはそぐわない大人びた落ち着きと深い知性を宿している。制服からのぞく手や首は青みがかった銀色の毛で覆われ、二メートル以上ある体躯《たいく》は堂々とたくましい。

全体数の少ない獣人の中でも際立って目を引かれる容姿は、まるで神話から抜け出てきた生き物のように美しい。

その圧倒的なアーロンの存在感に気圧《けお》されながらも、木下は果敢につっかかってくる。

「い、言えよ出雲《いずも》っ！　カンニングしたんだろ？　一体どんな手を使ったんだよ！」

木下といつもつるんでいる成績至上主義の連中も、後ろからわぁわぁと口々に非難の言葉を浴びせてくる。だが、アーロンには騒がしい小虫の羽音くらいにしか感じられない。

「どんな手も使ってない。答えるのももう三度目だが？」

さすがにうっとうしくなり軽く睨《にら》んでやると、ひっと顔を引きつらせた集団はさらに一歩下がった。今にも食い殺されるとでも思っているかのような、わかりやすい反応だ。

敵意はありませんとにこやかに近づき、クラスメイトに友好的に話しかけ友だちを作ろうとがんばったのも小学生までだった。結局、彼ら人間の獣人への根強い恐怖心をなくすことはできず、早々に諦めてしまった。

同じ国に暮らす見た目が違うだけの同じ人間同士のはずなのに、少数派である獣人たちは恐れられ、避けられ、何かにつけ攻撃され続けている。

「う、嘘《うそ》をつけ！　じゃ、どうして君がトップを取れるんだよっ？　急に順位が上がるなんておかしいだろう！」

張り出された学力テストの成績優秀者の順位表を、木下が震える指で示した。五十位までのトップに『アーロン・出雲』の名があるのを見て、常に首席だった彼のプライドはひどく傷ついたに違いない。他の『人間の』生徒ならまだしも、獣人ごときに首位を奪われるとは、というわけだ。

実のところ、アーロンもしくじったとは思っていた。いつもはわざと解答を間違え、目立たないよう三十位くらいの位置を保つべく調整していたのだが、今回は難問が多く全体の平均点が下がったようだ。結果いつもどおりにしたつもりが、はからずもトップになっい」


てしまったのだった。

「今回はヤマが当たった。俺は運がよかった。それだけのことだ」

不毛な言い争いにいい加減うんざりしてきて、アーロンはうるさそうに片手を振った。

「木下、安心しろ。次はまた君がトップだ。今回の俺のはまぐれだから数に入れなくていい」

一方的に会話を打ち切りアーロンは踵《きびす》を返す。周囲を取り巻き、どうなることかと興味津々で見物していた生徒たちは、「どいてくれ」の一言で飛び退《の》くように道を開ける。

「逃げたのは何かやったからだ」とか「獣人は卑怯《ひきよう》だから」とか聞き捨てならない声が背に届いてきたが、聞こえないふりをする。自分に対して一方的に敵意を燃やす者をいちいち相手にしていたら、それこそ卒業までさんざん無駄な時間を費やすことになる。

（まったく……やってられないな）

アーロンは深く嘆息しながら廊下を突っ切り、ただ歩いているだけでまとわりついてくる視線を無視しながら昇降口から外に出た。

仰いだ空は雲一つなく真っ青で、校舎内の息苦しさから解き放たれ爽快な気分になる。

授業はあと二枠残っているが、戻ったらまた木下たちにあらぬいちゃもんをつけられるかと思うと面倒になり自主休校を決めた。

世間的な獣人のイメージに反してアーロンは素行もよく真面目《まじめ》、成績も上位で人間以上に問題のない生徒だ。この高校でたった一人の獣人であるアーロンには、教師もたいていのことに目をつむってくれる。人間の生徒ならサボりは見逃されないところだが、そういったことをうるさく言われないのは獣人でよかったと思う数少ない点の一つだ。

　それにしても学校内に限らず、何をしていてもじろじろと見られるのには閉口する。

　ただでさえ目立つのに稀少価値のあるブルータイガー獣人ともなると、周辺地域一帯でも見かけないどころか国中を探しても他にいないに違いない。それゆえアーロンは、よくも悪くも――圧倒的に悪いほうが多かったが――ずっと他人の注目を浴び続けてきた。何しろそこにいるだけで人目を集めてしまうのだから、見られたくなければ家の中にこもっているしかない。

　悪いことをしたわけでもないのに影のようにこそこそと生きるのは納得できず、しつこい視線を無視して普通に生活していたらそのうち慣れてしまった。今ではむしろ見られていないと逆に落ち着かないくらいだ。

　だが目立つからという理由にもならない理由で、勝手に反感を持たれつっかかってこられるのには辟易《へきえき》してしまう。さっきの木下もそうだが、獣人だというだけでアーロンを敵視している生徒は少なからずいる。

　こういった差別意識は、この国――ニホン国の人間の多くが綿々と受け継いできた偏見によるものだ。

数百年前、ニホン国には人間と獣人がともに暮らしていたという。当時獣人は人間に使役され従属していたが、あるとき虐げられていた獣人たちが反旗を翻し、支配者である人間たちに勝利して領土の四分の一を獲得した。獣人が彼らだけの国を新たに創り上げ、王を立ててその地で暮らすようになったのがエドナ国——獣人の国の始まりだった。

その後長い年月を経て両国は和解し、交易も始まり行き来も自由となった。現在は人種を問わず、どちらの国に居を構えることも許されている。

にもかかわらず、そういった争いの歴史を親から聞いて育った特に高齢の人間たちには、いまだに獣人に対する根強い偏見が残っているようだ。『獣人はもともと人間に使役されていたのだから、人間より劣っていなくてはならない』と考えている者も多い。親がそういう考えを持っていれば、子どももそれにならうものだ。

あまりにもからまれることが多いので大概うんざりしたアーロンは、高校を中退し父の仕事を手伝いたいと訴えたことがあった。だが、獣人と人間の友好的な共存を願っている獣人の父は許してはくれず、こう言った。

——おまえの母さんも、生きていたらきっと反対するだろう。

病で亡くなったアーロンの母は人間だった。

獣人と人間の夫婦は極めて珍しい。エドナ国を追われニホン国に移住してきても、心地よい居場所を見つけられなかった父の言葉には重みがあった。差別される痛みを、両親はアーロンよりよく知っているはずだ。

――私たち獣人も、人も同じだよ。何も変わらない。この国で暮らし、たくさんの人と交流してよい絆《きずな》を結べば、おまえにもきっとわかる日が来るよ。

同じブルータイガーなのにアーロンのような猛々《たけだけ》しさのない、大型の猫めいた父の穏やかな微笑《ほほえ》みがよみがえる。

（残念ながら、そんな日は来そうもないな……）

正門から堂々と出ていくと各教室の窓から丸見えになるので裏門へと向かいながら、アーロンは冷めた目で肩をすくめる。

友好的に近づいても怯《おび》えられ、避けられる。まれに快く応じてくれる者もいるが、アーロンといることでいわれのない敵意が飛び火し迷惑をかけてしまうため、友人も作れない。

結局、アーロンは一人でいることを選んできた。誰も傷つけないためにはそうするしかなかった。

幸い孤独は性に合っている。誰かが自分のために嫌な思いをしないかと始終気遣いながらでは、絆とやらを深める前に疲弊してしまいそうだった。

とにかく、卒業まではまだ一年以上ある。それまでの間なるべく目立ったことをしないように、周囲といさかいを起こさないように静かに日々を送っていくしかない。

もう一度空を仰いだ。一点の曇りもなく晴れ渡った空を見ていると、気持ちがゆったりとしてくる。自分も常にあの青空のように広く澄んだ心を持っていたいと思うのだが、この生きづらい世に身を置いていては心乱される厄介事があまりにも多い。

裏門へと足早に歩いていく途中、人間より優れた聴覚を持つアーロンの耳が微《かす》かな音を拾った。そよ風の精の囁《ささや》きのような軽やかな音……。

しばし止まったアーロンの足は、自然とそちらへ向かっていた。近づくごとに音ははっきりしてくる。

(ピアノか……?)

その音は、今はほとんど使われていない旧校舎のほうから聞こえていた。三階建ての古い建物の、一階一番端の窓が開いている。確かそこは以前音楽室だった教室だ。ピアノなどあっただろうか。

木々の葉擦れのようだった微かな音のつながりが、今は美しいメロディとなってアーロンの耳に届いている。知らない曲だ。音楽はジャンルを問わずよく聴くほうだったが、その曲は初めて耳にする。

アーロンは吸い寄せられるようにその教室の窓に近づいていった。

技術的なことはアーロンにはよくわからなかったが、それはとても心地よい調べだった。同じフレーズを繰り返す単調な曲なのだが、リピートするたびに少しずつアレンジが加えられていく。ときにはリズミカルに、ときにはゆるやかに音が変化する。まるで白浜に打ち寄せる波のようだ。

　窓辺にもたれしばし聴き入ってしまってから、アーロンは身を起こした。その癒しの音楽を奏でているのがどんな人物か気になったのだ。

　立っているだけで目立つアーロンは隠密行動には絶対的に向かない。人より優れた五感を研ぎ澄まして周囲に人の気配がないことを確認すると、開け放たれた窓からそっと中をのぞいた。

　机も椅子もないガランとした教室、片隅に置かれたアップライトピアノがアーロンの目に留まる。その前に座り鍵盤に指を滑らせているのは、小柄な男子生徒だ。

　見覚えのある横顔にアーロンは思わず目を瞠《みは》った。

（あいつは……白雪《しらゆき》……？）

　まさか、と思い二度見したのは、そのクラスメイトが教室で見る彼とはあまりにも違って見えたからだ。

　白雪海音《かのん》のことをアーロンが覚えていたのは、女性アイドルのようなその名前が珍しく印象に残っていたのと、あまりにも影の薄い存在感が逆に気になってしまっていたからだった。

　彼はその名のとおり真っ白い肌と中性的な容姿の持ち主で、長めの前髪でその小作りな顔を隠していた。成績は普通、運動は苦手、いつも一人窓際の席で本を読んでいるようなおとなしい生徒。授業で教師に指名され蚊の鳴くような声で答える以外では、アーロンは彼の声を聞いたことがない。

他のクラスメイトにしても、彼が同じ教室で机を並べていることにすら気づいていない者もいるかもしれない。白雪はそれくらい目立たない生徒だった。どこにいても人目に立つアーロンとは対極にいると言っていい。

けれど今ピアノの前に座っている彼は、教室の片隅でじっと本を開いている彼とはまるで別人のようだ。

（あいつ、こんなヤツだったか……？）

さっきまで抱いていた不快な気分がすっかり吹き飛んでしまっていた。アーロンはもっとよく見たいと、窓に体を寄せる。

――白雪海音はこんなに美しかっただろうか。

そう驚いてしまうほど、今アーロンの目に映る彼は輝いていた。地味な印象だった顔立ちは窓から差しこむやわらかい陽《ひ》に包まれて、とても清楚《せいそ》で可憐《かれん》に見える。彼のいる場所だけ汚い俗世から切り離され守られているような、清浄な気に満ちている気すらする。

譜面はないが、白雪は澄んだ目をまっすぐに上げ、その口もとには微笑みを浮かべて滑らかに指を動かしていた。その顔を見れば、彼がピアノ演奏を心から楽しんでいるのがわかった。

そして何よりもその指が奏でる音楽は、心地よくアーロンの耳をくすぐっていた。靄《もや》がかかっていた心が次第に澄んでいくように癒される感覚に、アーロンは思わず目を閉じる。

（いい曲だ……）

――素晴らしい演奏だった。

――意外な特技があるんだな。

――なんていう曲なんだ？

話しかけようと思えばすぐにでもできた。だが自分の姿を見るなり演奏を止め、怯えた彼が逃げ出してしまうのではないかと思うとためらわれた。

アーロンは息を殺し気配を消して、その清らかな調べに耳を傾け続けた。まるで自分が青空に浮かぶ雲になったような、とても安らかな感覚が全身を満たしていた。

霞のように薄く摑《つか》みどころのなかった一人のクラスメイトの存在が、はっきりと胸に刻みつけられ、気になり始めた瞬間だった。

＊＊＊

その小高い丘からは、父から引き継いだアーロンの『城』が一望の下に見渡せる。

きらびやかな虹色の装飾に飾られた可愛《かわい》らしいメリーゴーランド。その左には花の形の

コーヒーカップ。右側には宙にブランコを舞わせるウェーブスウィンガー。外周に沿って走るクラシックトレイン。

そして正面には、一番上まで到達しても建物の五階くらいまでの高さしかないミニ観覧車。観覧車から少し離れた園の最奥の場所には、今は使われていない野外劇場がある。

ジェットコースターもバイキングもない、このあまりにも慎《つつ》ましやかな遊園地の名は『ドリームランド』。ベタでシンプルすぎるネーミングだが、文字どおり両親の夢が詰めこまれた楽園だ。そして両親が亡くなった今、その夢はアーロンが継いでいる。

アーロンは双眼鏡を持ち直し、もう一度園の端から端までを確認する。現在の来園者は獣人の親子が一組。人間の親子が一組。全部で六人だ。

平日の午前中とはいえこれはひどすぎる。アトラクションは倹約のため客が乗りに来たときだけ動かしており、メリーゴーランドもコーヒーカップもオブジェのごとく静止し、遊園地らしい胸弾む活気もない。

「これは、さすがにまずいな……」

双眼鏡を目から離し、アーロンは思わずつぶやいた。

閑古鳥の集団が大合唱しているようなこの状況は今に始まったことではない。最近は休日ですら客がまばらな状態だ。理由はいくつも考えられるが、もっとも大きなものとしては、地域の高齢化が進み遊園地に行くような年齢の子どもが少なくなってきたことが挙げられる。

父がまだ健在な頃は、この地方の町にもたくさんの子どもがいた。数は少ないが獣人の家族もいた。大企業の大きな工場があり、その従業員の家族が暮らしていたからだ。

ところが不況により一昨年《おととし》その工場が閉鎖となった。勤め先を失った人々は他に就職先もないこの町を離れ、次々と都会へと引っ越していってしまったのだ。残ったのは昔からこの町に住み続けている地元民、主に高齢者だけだった。

赤字続きとなったこの遊園地をアーロンが手放さず火だるま経営を続けているのは、両親に託された夢があるからだった。

――いつか、獣人の子と人間の子が分け隔てなく、ドリームランドで一緒に遊べる日が来るといいね。

病床についてからも父は繰り返しそう口にしていた。希望に満ちた未来を語る少年のように瞳を輝かせて。

父は獣人の国――エドナ国の出身だ。すでに民主化されたニホン国と異なり、エドナ国は建国からの王政を守っている。

エドナ国王の長子である父は、本来なら王位を継ぐ身だった。マーケットに野菜を売りに来ていたニホン国の農家の娘の母と劇的な恋に落ち、母はアーロンを産んだ。幸か不幸かアーロンは父の血が色濃く出たブルータイガー獣人で、母とともにエドナ王家に引き取られた。

　とはいえ、ニホン国人である母に対する王家の扱いはひどかったようだ。王位継承者であるアーロンと引き離された母は、城の敷地内の離れでひっそりと暮らしていたらしい。いい思い出がないのか、両親もその頃のことはほとんど話してくれなかったし、アーロンが覚えているのも自分が時期国王の長男として厳しい教育を受けていたことくらいだ。

　だがアーロンが十歳になったときに、当時の国王だった祖父が母だけをニホン国に強制帰国させようとした。次代の獣人国王となる父に人間の嫁は相応《ふさわ》しくないと、獣人の妻を娶《めと》らせようとしたのである。

　父はそれを拒否し国王の逆鱗《げきりん》に触れて勘当され、母とアーロンを連れニホン国のはずれのこの町に移住してきた。そして王家ときっぱり縁を切った意思表示として、自分の姓――王家の者の証《あかし》である『キングズリー』を捨て母の姓の『出雲』を名乗ったのだ。

　獣人の国で許されなかった関係は、しかし、人間の国でも決して祝福されるものではなかった。直接危害を加えられたりはしなかったが、冷ややかに注がれる好奇の視線に常にさらされる生活は針のむしろだった。

　けれどそんな中にあっても、アーロンの記憶の中にある二人はいつも笑顔で夢を語っていた。

　――ニホン国でもエドナ国でも、人と獣人が分け隔てなく手を取り合い笑い合える日が来ますように。

その夢を叶《かな》える第一歩として二人で創り上げたのがこの小さな交流の場——ドリームランドだった。

国を出るときに秘《ひそ》かに持ってきた宝石を売って、父は廃墟《はいきょ》と化していた遊園地を買い上げた。瞳をキラキラさせながら、ああしよう、こうしようと計画を立てては荒れ果てた園を少しずつ整えていく二人を、子どもの頃から大人びていたアーロンは若干冷めた目で見ていたものだ。

そして今から十年前に母、二年前に父を亡くし、アーロン一人が残された。両親の夢の詰まったドリームランドもまた遺《のこ》された。

どこか浮世離れした夢見がちな両親に育てられた反動なのか、アーロンは現実主義者だ。理想は理想でしかなく、夢はたいていの場合叶わないことを知っている。

もし父が生きていたら、今の状況を見てなんと言うだろう。想像するに、きっとこうだ。

——大丈夫、なんとかなるよ。

いや、なんともならない。なんとかなるなどという楽観的な思いこみだけに頼っていては、夢の楽園を失うことになってしまう。

なんとかなるのではなく、なんとかするのだ。

「殿下！　やはりこちらにおいででしたか！」

バタバタした足音とともにかけられた声に振り向くと、副園長のトニオが走り寄ってくるところだった。

「だから、その呼び方はやめてくれ、副園長」

「ああっ、すみません殿下……ではなく、園長っ」

苦い顔のアーロンに軽く睨まれトニオはわたわたと両手を振る。このやり取りもほとんど日課だ。

トニオは父が園長だった頃からずっと勤めてくれている、父と同年代のキツネ獣人だ。エドナ国にいたときからアーロン親子に仕えてくれており、一家とともにこの国に移住してきた忠臣だった。

父が亡くなってからもそれこそ我が身を捨てて尽くしてくれるトニオには、アーロンも頭が上がらない。事務方のすべてを滞りなく引き受け、回してくれている彼がいなければ、ドリームランドはとうに人手に渡っていたはずで、アーロンは心から感謝している。

その、園になくてはならない番頭が、おろおろしながらしきりと汗を拭いている。

「参りました。サムがいきなり辞表を出しまして、今週いっぱいで退職させてほしいと……」

「何、本当か?」

サムはクラシックトレインの運転手で、昨年雇ったばかりの犬獣人だ。年々減り続ける給金だけでは、新婚の妻と三つ子の赤ん坊を養っていけなくなったのだろう。
「都会へ出て就職先を探すそうです。園長の夢には賛同するけれどこっちにも生活がある
から、などと申しまして……」
「ああ、当然だ。理想だけでは食っていけないからな」
言いづらそうなトニオの肩を慰めるようにポンと叩《たた》いてやる。
「園長〜、どういたしましょう？　このままですと従業員がいなくなってしまいます。と
はいえ給金を上げることもできませんし……」
「むっ……そうだな。さしあたって来週から、クラシックトレインの運転手は俺が務めよ
う。それで問題ないだろう？」
アーロンの提案に忠臣はぎょっと目をむく。
「殿下がっ……いえ、園長が運転手をっ？　なりません！　アーロン様にそんなことをさ
せては亡くなられたお父上様に申し訳が……っ！」
「欠員を埋められないのでは仕方ないだろうが。園の危機だぞ。トップがのんびりと座っ
ていてどうする？　俺も少しは役に立たないとな」
「園長〜っ」
「副園長はこれまでどおり事務仕事のほうをしっかり頼む。現場は俺に任せろ。とはいえ、
たいしたことはできないが」

「おいたわしい〜。エドナ国においでになれば、このような窮状にご苦労されることなどないものを」

ポケットからきちんと折り畳んだ白いハンカチを出して目に当てるトニオを見て、話が長くなりそうだなとアーロンはそそくさと身を翻す。

「観覧車を見てくる。最近またちょっとガタがきているから心配だ」

キングズリー王家の栄光を涙を拭き拭き一人語り出す副園長から逃げるように、アーロンは速足《はやあし》で丘を下りていった。

――獣人と人間の融和を図りたい。

両親が持ち続けたその夢は理解できる。異人種間で恋に落ちた二人が添い遂げるまでには数々の困難があり、子どものアーロンには隠していた大変な苦労があったはずだ。ニホン国にいる獣人たちが暮らしやすくなるようにと願うようになったのも当然だろう。

だがアーロンからしてみれば、理解はしているが心底共感しているとは言い難かった。

ドリームランドを手放したくないのは両親の夢の成就を道半ばで放棄したくないからだが、アーロン自身が獣人と人間の融和を心から祈っているかというと、それはない。むしろ、両種族が分け隔てなく暮らせる世界になり、笑顔で手を握り合うことなどあり得ないのではないかとすら思っている。

過去のしがらみを水に流し、完全和解したはずの両国。表向きは移住も交易も自由、だが実際は根強い反感と差別が両国民の間に残り続けている。閉鎖的な小国であるエドナ国から、文明が格段に進んでいるニホン国に移ったときは、新たに始まる生活に胸躍らせたものだが、人の心は旧態依然としていた。

十歳のときこの国に来たアーロンは、学校という小社会でまず数々の差別を受けた。人間の教師は『獣人の子も一緒に遊んであげなさい』と人間の子どもを叱る。そこからしてもう差別だ。アーロン・出雲という一人の生徒ではなく、まず『獣人の子』。その位置づけは、小学校高学年から高校卒業までずっと変わらなかった。

高校を卒業してから七年間ドリームランドの経営に携わってきたが、そこではさらにはっきりとした差別があった。『獣人の遊園地には融資はできません』『獣人の遊園地の改修工事は請け負えません』『獣人の遊園地には危ないから行ってはいけません』と、子どもに言い聞かせる親もいた。

獣人と人間との間には決して越えられない壁がある。人生の半分もまだ生きてはいないアーロンだが、すでにそれを悟っている。

そんなことは、両親だって自分以上にわかっていたはずだ。それなのになぜ、気づいていないような顔をして夢を追い続けていられたのだろう。世間に受け入れられず冷ややかな好奇の視線を浴びながら、それでも信じていられたのだろう。

このつぶれそうな遊園地をなんとか続けていれば、その答えがわかる日が来るかもしれない。そう思って、今もこうして赤字経営を乗り切ろうとしているのだ。

答えは一生わからないままかもしれない。だが、一度引き継ぐと決めた以上諦めたくはない。たとえ崖っぷちに追い詰められようと、両手を上げて降参するのは性に合わない。

（さて……どうするか）

休園日ではと疑うくらい人のいない園内を、遊具をチェックしつつ歩きながらアーロンは頭をひねる。

正面には園の目玉である観覧車が見えている。ゴンドラが七箱しかない古いミニチュア観覧車は、どこかのデパートの屋上遊園地が閉園となった際に父が安く譲り受けた中古品だ。回るたびに今にも止まりそうな大きな軋《きし》み音がするが、まだちゃんと動いてくれている。

園の中央で存在感を示している美しいメリーゴーランドではなく、ちっぽけな観覧車が目玉とされているのにはそれなりの理由がある。開園してまだ間もない頃のこと、その観覧車にまつわるある噂《うわさ》が広まったのだ。

――ドリームランドの観覧車の青いゴンドラに乗ると願いが叶う。

最初に言い出したのが誰なのかはわからない。純真な正直者夫婦の両親や、生真面目一本でサクラ作戦など思いつきもしないトニオの営業用の策略でないことは確かだった。おそらくはこうだ。ある日、誰かがたまたまそのゴンドラに乗った。どういう巡り合わせかわからないが、その後その人物に幸運が訪れた。そして、奇跡的な確率でそういったことが何回か続いた。結果青いゴンドラと幸運が紐《ひも》づけられ、噂が広まった。

広まったとは言ってもせいぜい隣町までの狭い地域ではあったが、そのおかげで何か叶えたい願いを持っている人たちがこぞって観覧車に乗りに来た。人間も、獣人もいた。幸運を求める気持ちに種族の差はないらしい。

青いゴンドラは私たちにも幸運を運んできてくれたね、とほっこり笑い合う両親を、生意気な小学生だったアーロンはおめでたいなぁと心配しながら見ていた。

確率的にいって、そんな奇跡がずっと続けて起きるはずがない。叶う願いと叶わない願い、どちらが多いかといえばおそらく後者であり、乗っても何も叶わなかった客が増えていけば噂も消滅していく。

アーロンの懸念どおり、青いゴンドラブームは一時的なものに終わってしまった。ピークのときは三十分待ちだった観覧車も、今は終日乗る人もなく動きを止めている。

（これもさすがに、なんとかしないとまずいだろうな……）

途中で停止してしまいかねない古い遊具を、いつまでも置いておくわけにはいかないだろう。しかしトニオは今でもこの観覧車を園のメインとしたがっており、動く限りは客に乗ってほしいと思っているようだ。

子どもだけではなく大人までが乗りに来てにぎわっていた当時の光景を、また見られる日が来ると信じているのだろう。大行列ができることは二度とないだろうが、今でも昔の噂を伝え聞いたらしい人がふらりとやってくることがあるのも確かだ。

修理して騙《だま》し騙し動かすか、それとも思い切って撤去してしまうか、と難題に頭を悩ませながら観覧車へと進みかけるアーロンの足が止まった。

観覧車の前に、一人の青年が立っている。その視線の先に揺れているのはまさに青いゴンドラだ。

きっと彼は真偽のほどが定かでない噂を伝え聞いて、わらにもすがる思いで観覧車に乗りに来たに違いない。それにしても、自分と同年代の若い男が平日の昼間から訪れるのは珍しい。目に眩《まぶ》しい白いシャツと薄いブルーのコットンパンツというスタイルを見る限り勤め人ではなさそうだ。とはいえ学生にも見えない。

アーロンはその場から動かず、人間よりも優れた視力を持つ目でその風体を確認する。

「なっ……まさか……」

思わず声が漏れた。迷っているらしいその横顔が、あまりにも昔の同級生に似ていたからだ。

(白雪海音か……?)

アーロンはもう一度目を凝らし、微動だにせず青いゴンドラを見上げているその顔を見つめた。

小作りだが涼やかに整った目鼻立ち。透けるような白い肌。風にサラサラと流れる長めの黒髪。

間違いない、彼だ。

勝手に高鳴ってくる鼓動に、アーロンはらしくなくうろたえる。かつてのクラスメイトは会えなかった年月を飛び超えたように、高校生のときのままの清らかな美しさを身にまとわせてそこに立っていた。よもや幻を見ているのではないかとアーロンはやや混乱する。

卒業してからの七年間、旧校舎の音楽室での風景は折に触れアーロンの胸によみがえり、心を癒してくれていた。そしてその風景を思い出すときには必ず、美しい調べのあの曲がBGMとして流れていた。

あのときピアノを弾いていた彼の姿はアーロンの心の奥のもっとも繊細な部分にひそやかに住み、常に生き続けていた。高校時代の一番の思い出を聞かれたなら、鍵盤の上に白い指を滑らせていた彼の微笑みがまっ先に浮かぶほどに。

だが今視線の先にいる白雪海音は、その横顔にどこか悲しげな影を宿している。教室の隅で開いた本に視線を落としじっと俯《うつむ》いていた白雪が重なり、アーロンの胸はチクッと痛む。清楚な汚れなさも、そして自信なさげな憂いも時を超えてそのままに、彼はそこにいた。

声をかけたかったが、すぐに冷静になりその場に留《とど》まる。高二、高三と同じクラスだったとはいえ、彼とちゃんと言葉を交わしたことは結局一度もなかったのだ。

じっと動かずにいた白雪は肩を揺らし小さく頷《うなず》くと、乗り場へと一歩を踏み出した。観覧車担当の獣人にチケットを渡し、青いゴンドラを指して、おそらくはあれに乗りたいと頼んでいる。その強張《こわば》った横顔を見れば、彼がどれほどの勇気を振り絞って交渉しているのかが窺《うかが》える。

開園当時からの観覧車担当はそういった客にも慣れている。笑顔で頷き、幸運のゴンドラが下りてくるのを待ってから白雪を乗せてやった。どうせ他に客はいない。

ガコン、ガコンと派手な音をさせて、ゴンドラが憂い顔のもとクラスメイトを宙へと運んでいく。幸薄いという言葉がぴったりなその顔は、窓の外ではなく膝の上に置かれた彼の手に注がれているようだ。

(あいつ、まだ下ばかり見ているのか……)

自然に苦い顔になった。

音楽室でピアノを弾く姿を初めて見たときから高校卒業までずっと、アーロンは秘かに彼を見守っていた。教室では日陰にひっそりと咲いた花のように目立たず俯いている彼が、普通に笑ったりしゃべったりするところが見たかったからだ。

だが結局、その願いは叶わずに終わった。あの頃のもどかしいような感情が当時のままによみがえり、アーロンは意識せず重い息を吐く。

卒業後白雪も就職し都会に出ていったと耳にしたが、この町に戻ってきていたのか。それともたまたま帰省しているだけなのか。

いずれにせよ、あんな見るからに暗い顔で本当かどうかもわからない幸運話にすがってくるくらいだから、そういい状態ではないのかもしれない。

なんとかしてやりたいという強い想《おも》いがこみ上げる。しかし、自分にどんな手助けができるというのだろう。求められていない助力の手を差し出せば、かえって彼のストレスを増やすことにもなりかねないのではないか。

(以前と同じことを、また繰り返すのか……?)

自問する。何もできないのなら気にすまいと思う。だが、そんなことは到底無理だ。

再会してしまったのが運のつき、もう遠い思い出となっていたはずの白雪海音とのことが、実はこんなにも深く胸の奥に後悔として残されていた事実にアーロンは驚いていた。

そのまま立ち去ることができず見守っていたとき、一際大きな音を立ててゴンドラが揺れたように見えた。次の瞬間、観覧車はピタリと静止する。

「っ……！」

何が起こったのか、考える前に足は駆け出していた。ゴンドラの中の白雪もさすがに顔を上げ、不安げに首を巡らしている。

「園長っ！　止まってしまいました！」

突然のアクシデントにいつも笑顔の担当もうろたえている。

「ああ、見ればわかる。非常電源のほうを入れてみてくれ」

「はい！　……駄目です、動きません！」

「とにかくお客様を降ろすのが先だ。マスターキーを貸してくれ」

復旧のため業者に連絡してもいつ来るかわからない。『獣人の経営する遊園地』はどんな仕事より後回しになるだろうからだ。幸い白雪が乗ってからすぐに停止したので、青いゴンドラが揺れているのは地上から七メートルくらいのそう高くないところだ。アーロンなら軽く飛び下りられるが、人間には無理だろう。

アーロンはひらりと身を躍らせるとゴンドラを支えている支柱に飛びついた。

「園長っ？」

担当の心配そうな声に大丈夫だと手を上げて応える。そのまま軽々とよじ登り、目当てのゴンドラまであっという間にたどりつく。

白雪の細い背中が見える。アクシデントに弱いタイプなのだろう。怯えているのか、そわそわと腰を浮かしたり下ろしたりしている。

アーロンは手を伸ばし、彼の後ろ側の窓をコツコツと叩いた。ハッと振り向いたその瞳がアーロンを認め大きく見開かれる。血の気のない唇がわずかに開かれるが声は出ない。

「大丈夫です。座っていてください」

声はしっかり届いたようだ。白雪は引きつった表情で何度か頷きそのまま腰を下ろした。

アーロンは支柱からゴンドラに飛び移ると、ロックがかかったドアをマスターキーで開いた。重量のあるアーロンが乗りこむとゴンドラが揺れ、白雪はぎゅっと目を閉じ体を硬くする。

「安心してください。すぐに下りられます」

穏やかに声をかけた。もとクラスメイトではなく、あくまで来園者に接するように。

白雪はそろそろと顔を上げる。その目は困惑している。唯一の獣人生徒だったアーロンのことを彼が覚えていないとは思えないので、他人行儀な口調に戸惑っているのかもしれない。

アーロンが彼を覚えていることは――いや、覚えているどころかずっと忘れられず、しょっちゅう思い出していたことは言わないほうがいいだろうと判断した。理由はいくつかある。

高校時代の思い出は彼にとって楽しいものではなかっただろうし、当時を知る者に会いたくはないかもしれないから。今こうして、幸運のゴンドラに乗っていること自体気まずいだろうから。そして何よりも、彼を怯えさせたくないというのが最大の理由だ。

「私の背におぶさってください。下まで運んでいきます」

背を向けてしゃがんだ。瞬時ためらう気配があってから、背中に遠慮がちに寄りかかる重さを感じた。

「しっかり摑まって。怖かったら目を閉じていてください」

はい、と消え入りそうな声が耳に届いた。初めて自分に向けられた彼の声は、舞い落ちる花びらが立てるようなささやかな音だった。

彼は驚くほど軽かった。まるで子猫でもしがみついているような感触だ。

背中にいるのがあの白雪海音だというのがまだ信じられない。こんなふうに彼に近づけるときが来るとは、あの頃は思ってもいなかった。

登ってきたときと変わらずスムーズに、だが細心の注意を払ってアーロンは下までたどりつく。

「園長っ！」

はらはらと見守っていた担当者が駆け寄ってくるのに大丈夫だと片手を上げ、言われたとおりしっかりと背中に摑まっている白雪に振り向き声をかけた。

「下りられました。もう大丈夫ですよ」

膝を曲げ背を低くし下りやすくしてやっても、白雪は固まってしまったかのように動かない。よほど怖かったのかもしれない。

「……お客様？」

肩を摑んでいる手をポンポンと叩いてやると、ハッと顔が上げられあわてて背中から飛び下りた。その拍子にバランスを崩し転びそうになる体を、手を伸ばしすんでのところで支えてやる。

はからずも至近距離で見つめ合う形になり、白雪の目が見開かれる。鼓動が常ならぬ音を立て、時が止まったようにすら感じた。だが、その瞳に昔と同じ怯えの色を見た気がして、アーロンはすぐに彼から距離を取る。

「本当に申し訳ございませんでした。お怪我《けが》はありませんでしたか？」

丁重に頭を下げ尋ねると、何か言いたげに唇を震わせていた白雪は「い、いいえ……」と小さな声で答えた。もうアーロンのほうを見ようとはせず、狙われたうさぎのように縮こまり俯いてしまっている。

「入園料はお返しいたします。それとお詫びにもなりませんが、売店のほうでお好きなものをどうぞお持ちになってください」

「えっ……」

そんなかえって申し訳ない、と言いたげな目を上げる白雪にもう一度会釈して、

「では、後はよろしく」

とアーロンは担当者に後を任せ頷き、身を翻す。あ、と微かな声が聞こえた気がしたが

振り返らなかった。

　肩にはぎゅっと摑まれた指の感触がまだ残っている。当時と変わらぬその白魚のような指で、彼は今でも癒しの調べを奏でているのだろうか。ピアノを弾いているときは、ちゃんと笑っているのだろうか。

　心の奥の宝箱にしっかりと鍵をかけ、しまいこまれていた思い出の数々が、アーロンの脳裏に鮮やかによみがえってきた。

＊＊＊

　その押し殺したような声を拾えたのは、アーロンの耳が人間よりもはるかに優れた聴力を持っていたからだ。他の生徒たちなら気づけなかったに違いない。

　耳障りな低い声は数人の男子生徒のものだった。それは不快な恫喝《どうかつ》の響きを帯び、たまに下卑た笑い声が交じった。

　声は、今の季節は使われていないプールの裏側から聞こえていた。生徒どころか教師も通らない場所で、何らかの面倒な揉《も》め事が起こっているのは容易に想像がついた。

　なるべく目立たず厄介事から身を避けていたいという気持ちはあった。だが、誰かがすぐそばで不愉快な目にあっているかもしれないのに、知らぬふりをして通り過ぎるほど冷めてはいなかった。

日陰になっている場所に目を凝らすと、四人の生徒が壁際でうなだれている一人の生徒を囲いこんでいるのが目に入った。集団のほうが日頃自分のことを一方的に敵視している連中だと認め、アーロンは内心うんざりした。優等生の木下たちなどまだ可愛いほうで、目の前で不快極まりないいじめを楽しんでいる陰険な連中はその中でも最悪の部類だった。

「持ってないってことはないだろ〜。財布出せよ、はやく」

愚劣な笑みで、リーダーの男が俯いている生徒の肩を突く。

「昨日お願いしといたでしょ？　どーして忘れちゃったの〜？」

「お友だちとの約束は破っちゃダメよ〜」

ゲラゲラ笑いながら他の三人からも強く突かれ、いじめられている生徒は両手で自分の体を抱いて身を縮めた。本当にないんです、というあまりにもか細い声までアーロンには聞き取れた。

「あーっ？　何言ってんだか聞こえないんだけどー」

「いーから、それこっちよこせよ」

一人が手を伸ばしカバンを摑もうとしたところで、いい加減嫌気が差して足が動いた。

「おい、やめろ」

特に睨みを利かせたつもりも威嚇したつもりもなかったが、振り向いた連中は一様にぎょっとし、怯えた顔で後ずさった。彼らに囲まれ、カバンを抱き締め俯いていた生徒もそろそろと目を上げる。その、虚《うつ》ろだが宝石のように澄んでいる薄茶色の瞳を見てハッとする。

（白雪……っ？）

なるほど、と納得がいき、同時に静かな怒りが湧き上がる。

彼がたまに上履きを履かず裸足《はだし》でいる理由。白い頬に赤い痣《あざ》がついている理由。ゴミ箱に首を突っこむようにして何かを捜している理由。

そのすべての答えが、今目の前で繰り広げられている光景にあった。

ちょうど三ヶ月前、彼が音楽室でピアノを弾いているところを偶然見かけた。その後アーロンは人目を避けながら時折音楽室の前を通り、のぞいてみるようになった。

運がよければ白雪がいて、初めて見たときと同じようにピアノを弾いていた。彼が弾くのはいつも同じ曲で、アーロンは窓の外に身を潜めその調べに聴き惚《ほ》れては癒されていた。

その彼が、よもやこういったひどい状況に陥っているとは想像していなかった。高校二年にもなって、こんな陰湿ないじめをする人間がいるとは思わなかったこともある。

最初にその存在を意識した日以来、アーロンはさりげなく白雪海音のことを見てきた。なぜそれまで気づかなかったのかと思うほど、彼は好感の持てる人物だった。教室ではおとなしくて目立たない。けれどそのたたずまいはきちんとして美しく、生活態度も真面目で自分にできることをいつも一生懸命やっていた。勉強や苦手な運動だけでなく、押しつけられた掃除当番や日直も嫌な顔一つせずがんばっていた。もしも彼自身が極度に他人との交流を怖がる内気な性格でなかったら、おそらく皆に好かれ大勢の友だちに囲まれていたことだろう。

いつも俯きがちにじっとしているので、たいていの生徒は彼のよさを知らなかった。だが中には、彼が人より少しだけ思いやり深く善人であり、同時に繊細で壊れやすいことに気づく者もいた。そして気づいた人間の反応は両極端に分かれた。未踏の雪原のような内面の清らかさを、踏み荒らさないよう見守るか、踏み荒らして足跡をつけたくなるかだ。

守ってやりたいほうのアーロンとしては、踏み荒らしにくる連中を排除するのは当然だった。

「おまえたちに渡すものはないと言ってるぞ。これ以上からむな」

ふつふつと湧き上がる怒りを抑え普通に注意したつもりだったが、連中は表情を強張らせさらに一歩下がった。

「い、出雲っ、おまえ関係ねーだろ、向こう行ってろよ！」

リーダーの男が気丈に言い返すがすでに逃げ腰だ。仮に四人が武器を持って一斉に襲いかかってきてもアーロンなら一瞬にしてひねりつぶせることを、彼も知っているのだろう。それすらわからないほどの馬鹿ではなくて助かった。

「関係はないが見過ごせないな。そいつはクラスメイトだし、何より嫌がっているようだ」

「せ、正義の味方ぶるな！　世捨て人のケダモノ野郎は授業が終わったらとっとと巣に帰れよっ」

世捨て人とは、馬鹿者のわりにはなかなか的を射た表現だと感心するが、別に世の中のことすべてに関心がないわけではない。少なくとも白雪海音には俯いて震えているより、いつも笑顔でピアノを弾いていてほしいと秘かに願っている。

「義を見てせざるは勇なきなりだ。帰ったほうがいいのはおまえたちだな。さぁ、このまま愚劣なカツアゲを続けて、俺とやり合ってしばらく入院するか、おとなしく帰宅するか、今すぐに選べ」

今度はしっかりと睨み大きく一歩を踏み出すと、ひっというような情けない声を上げいじめっ子たちは飛び退くように後ずさった。

「い、行こうぜっ、野蛮なケダモノ相手じゃ話になんねぇっ」

「く、食いつかれてケガしたくねぇしな」

「でかい面しやがってっ。ケダモノは学校来んなよっ」

小学生レベルの捨て台詞《ぜりふ》を残して一目散に逃げていく集団を、アーロンは呆《あき》れた嘆息とともに見送る。相手をしている時間はもったいないが、どうせなら四人一緒にでもいいから飛びかかってくるくらいの気骨がほしいところだった。もっともそんな勇気もないから、自分より弱い者をいたぶっているのだろうが。

バタバタと駆け去っていった背中が消えるのを確認してから、壁際に視線を移した。

「だい……」

大丈夫か、と声をかけようとして思い止《とど》まったのは、白雪がカバンを抱え俯いたままでいたからだ。彼を攻撃する者はいなくなったというのに、まだ怯え切っている。彼が恐れている対象がいじめ集団ではなく自分に替わったのは、その様子を見れば明らかだった。

(どうやら、相当怖がられてるな……)

こういった反応には慣れっこだ。人間の中には異常に獣人を怖がる者がいるし、さっきの連中の暴言ではないがそれこそ、目が合ったら食いつかれると信じている者すらいる。男子生徒の中でも線が細く小柄な白雪からすれば、アーロンなどは猛獣のように見えているのかもしれない。

「もう大丈夫だから、気をつけて帰れよ」

なるべく穏やかに声をかけ、アーロンは身を翻す。そのまま振り返らず足早にその場を後にした。

本当はもっと話してみたかった。あの音楽室でいつからピアノを弾くようになったのか。いつも弾いているのはなんという曲なのか。

だがさっきの様子を見れば、聞いたところで普通に答えてもらうのは到底無理なように思えた。

人間に怖がられるのは、本当に慣れている。いつもは何も感じないのに、震え上がり目を合わせることもできないほど白雪海音に恐れられるのは、なんだか寂しい気がした。誰かに対してそんな気持ちになったのは初めてで、アーロンは自分に困惑した。

それゆえ、翌朝登校し下駄箱の中に入っていた小さなメモを見たときには、思わず笑みがこぼれた。

——きのうはありがとう。

見た目同様儚《はかな》げで丁寧な字でそう書かれたメモと一緒に、四つ葉のクローバーのストラップが入っていた。アーロンはそのストラップを愛用しているボールペンにつけた。

教室での白雪は以前と変わらず、アーロンと目を合わせるどころか俯いたままだった。

だがそんな態度を前にしても、四つ葉のストラップを見れば昨日のような寂しさは感じなくなった。

いじめ集団に睨みを利かせてからも白雪のことを見守り続けていたが、その後連中に何かをされている様子はなかった。上履きを隠され裸足でいたり、ごみ箱の中に私物を捜したりすることもなくなった。

白雪は二週間に一度のペースで、放課後旧校舎の音楽室でピアノを弾き、アーロンは秘かにそれを聴きに行った。

窓辺に潜み安らかな調べに耳を傾け目を閉じていると、静かに波の打ち寄せる浜辺に横たわっているような気分になった。またときには、色とりどりの花が咲き乱れる野原を駆けているような気持ちになることもあった。その音楽は単調でつまらない日常を忘れさせてくれた。

白雪のピアノに感化され、中学のときに少しかじっただけで埃《ほこり》をかぶっていたサックスを引っ張り出した。閉園後、静まり返った園の片隅で、彼の弾いていた曲を思い出して吹いてみた。

どんなことでも器用にこなせてしまうのですぐにそれなりに吹けるようになったが、白雪が弾いていたように胸に響く音にはならなかった。いい音楽というのは演奏技術以外の何かが必要なのだと知った。その何かはきっとアーロンにはなく、白雪がたくさんその内側に持っているものなのだろう。

そのことを白雪に教えたかった。おそらくは自分を過小評価しているであろう彼に、おまえは類稀《たぐいまれ》なるいいものを持っているぞと、伝えてほめてやりたかった。

「アーロン、おまえこれから暇か？」

肩を叩かれ振り向くと、軽音部の部長で生徒会長の来栖颯真《くるすそうま》が立っていた。端整で爽やかな美貌が明るく微笑みかけてくる。

来栖は獣人であるアーロンに対して、他の者と区別なく気さくに接してくる唯一の生徒だ。責任感の強い正しいリーダーにありがちな、『仲間はずれを作らない』という義務感からではなく、本心からアーロンを慕って近づいてくるらしい物好きだった。

自分と関わると厄介事に巻きこまれ迷惑がかかると思い、最初のうちはなるべくそっけなくしていたのだが、来栖は構わずぐいぐいと押してきていつのまにか『友だち』の座に居座ってしまったのだ。変わったヤツだと適当にあしらっていたのだが話してみるとなかなか感じのいい男で、初対面のときの軽薄な印象ももうなくなっている。

「別に暇じゃない」

アーロンは毎日真っ直ぐ帰宅し、遊園地の手伝いをするようにしている。最近は来園者の数が減っており、従業員も一人二人と辞めていき常に人手不足なのだ。

「あー、家の手伝いだっけ。実はドラムのヤツがダウンしちゃってさ。今日だけヘルプ頼めないか？　一時間でいいから」

両手を合わせ拝まれると嫌とは言えない。

器用なアーロンは楽器も一通りこなせるので、こんなふうに来栖にバンドの欠員の穴埋めを頼まれることがよくあった。来栖が本当はバンドの正式なメンバーとして自分に入ってほしいと思っているのは知っている。気持ちは嬉《うれ》しいが、特定の集団に属することはしたくない。迷惑がかかるのがわかっているからだ。

「わかった。一時間だけだぞ」

「サンキュ！　今度何かおごるよ」

行こうぜ、と来栖はそのままアーロンと並び、練習に使っている小体育館に向かって二人で廊下を進んでいく。背に置かれた手はいかにも自分たちの仲のよさを誇示するようだ。

「颯真、俺から離れたほうがいいぞ」

「どうして？」

「おまえも変な目で見られる」

小声で言って目で周囲を示すと「アホらしい」と来栖が鼻で笑った。

四方から耳に届いてきていたひそひそ声やクスクス笑いが、来栖が隣にいるときだけはやむ。

正体の見えない悪意のある目線にさらされていると感じたのはひと月ほど前、白雪海音をいじめ集団から助けた後からだった。一目散に退散していった卑怯な連中の腹の虫はどうやら治まらなかったらしく、アーロンと白雪に彼らしい陰険で卑小な攻撃を仕掛けてきた。

要は、アーロンが白雪と『デキている』という噂を広めたのだ。二人はいつのまにか、放課後プールの裏で『不純同性交遊』に及んだりする仲にされてしまった。噂に便乗し、その現場を目撃したと手を挙げる者もいたらしいから驚きだ。

――『ホモでオカマの白雪』はおとなしい顔をしているが実は淫乱の獣好きで、アーロン・出雲をたらしこみ用心棒にしている。

その噂を耳にしたときには、さすがのアーロンも開いた口がふさがらなかった。白雪がそのアイドルのような名前と中性的な容姿のせいで、一部の生徒から差別的な暴言を吐かれているのは知っていたが、今回のはあまりにもひどい。

連中の程度の悪さには呆れ果ててものも言えなかった。わざわざ否定や反論するのすら馬鹿馬鹿しくて放置していたら、日頃アーロンを敵視している連中が面白がって噂を広めて、今ではほとんど全校生徒がそれを信じているといった状況なのだ。

おかしな噂を流される前ですら注目されていたのに、最近では一挙手一投足を誰かに監視されているような気さえする。視線には慣れているがこうまで集まるとさすがにわずらわしくてしょうがない。何より困るのは、白雪の様子を見守ることができなくなってしまったことだ。

自分が助けたことでかえって白雪に迷惑をかけてしまった。これ以上彼に精神的な負担をかけるわけにはいかないと思うと、音楽室にこっそりピアノを聴きに行くのもはばかられる。

噂を広められてからは学校を休むことが多くなった白雪のことを、本当はとても心配していた。後先考えず余計なことをした、と謝りたいと思い、何度か周囲に人のいないときを狙って話しかけようとしたが、白雪は怯えたように目をそらしすぐに逃げてしまった。相変わらず怖がられている上に、アーロンと話でもしてさらに噂になるのを恐れているのだろう。

「なんかますます有名人になっちゃってるなぁ、アーロン・出雲クン」

人気《ひとけ》のない校舎裏まで来て足を止め、来栖が苦笑した。

「まったく……勘弁してほしいんだがな」

アーロンは渋面で重い息を吐く。

もちろん信じちゃいないがどうしてこんなことになった？　と噂の真相を聞かれたとき、来栖には白雪を助けたことを話してあった。

「まぁ、有名税だと思って。なんてったっておまえは学校一の有名人なんだから。みんな飽きっぽいし、くだらない噂なんかそのうち消えるよ」

労《いたわ》るように背を叩き、来栖が慰めてくれる。

「とりあえず、上山《かみやま》たちには俺からも一言言っておいたよ。もっとも何を言っても通じな

「いようなしょうもない連中だけど」

やれやれとしかめ面で肩をすくめる来栖に同情を禁じ得ない。いじめをし噂を広めた連中も、教師の覚えめでたく全校生徒の憧れの的である生徒会長からの忠告には耳を傾けるだろう。たとえ上辺だけではあってもしばらくはおとなしくしているはずだ。

常日頃よりアーロンを気遣い、攻撃からさりげなく守ってくれようとしている来栖のその友情にはいつも感謝している。こういう人間もいるのだな、と彼を見ていると思う。差別感のない彼と話していると、両親の願った獣人と人間との融和も不可能なことではないのではと思われてくる。

「悪いな。だが俺のことはいいんだ。問題は……」

「ああ、白雪君だろう？　大丈夫、昨日家に行ってみた」

来栖は任せておけというように大きく頷き言った。

繊細な白雪の心の傷が心配ではあったが、アーロンにはどうすることもできなかったのでやむなく来栖に頼んだ。白雪のことを気にかけてやってほしいと言うと面倒見のいい来栖は二つ返事でＯＫし、たまに声をかけたりしてくれているようだった。

だがその白雪は、ここのところずっと学校を休んでいる。

「最初はお母さんが出て、本人は誰とも会いたくないって言ってたみたいなんだけど、呼んだら出てきてくれてさ。少し話せたよ」

「そうか。どうだった？」

「うん、なんかやっぱり人の目が怖いんだって言ってたよ。まぁ例の噂が広まって以来、何かと注目されてるから無理もないけどな」

「そうか……」

来栖が困り顔で眉を寄せ、アーロンも思わず唸《うな》って腕を組む。

今回のことはどう考えても自分の責任だ。もしも彼を助けたのがアーロンではなく普通の人間の生徒――たとえば来栖だったら、あんなひどい噂は立てられなかっただろうから。

数人の女子生徒がそばを通りかかり、アーロンと来栖をチラチラと見て何かひそひそと小鳥のように囁き合う。人目がまったくない場所は学校の敷地内にはない。

「行こうぜ」

来栖に背を押され、小体育館へと足を向けた。

「アーロン、おまえが責任を感じることはないからな。おまえは白雪君を上山たちのいじめから助けたんだろ？」

「まぁそうだが、結果的には白雪を好奇の視線にさらしてしまうことになったからな。本当なら俺が謝りに行きたいところなんだが……おまえがいてくれて助かった。感謝してるぞ」

「いやいや、実は俺もさ、白雪君のことは前から気になってたんだよね。だからまぁ、ちょうどよかったというか……」

その話は初耳だった。アーロンは思わず友人を見返す。来栖は軽く肩をすくめ、どこか照れくさそうに微笑んだ。

「小学校のとき同じクラスだったことがあってさ。当時からおとなしくて目立たなかったけど、ピアノがうまかったんだよな」

自分以外にも白雪のピアノの腕を知っている者がいたとわかり、アーロンは救われた気持ちになる。

「名前も名前だしほっそりしてて色白で、最初見たときは女の子かと思ったくらいでさ。小学生のときは内気なりにクラスに馴染《なじ》んでたし友だちもいたみたいだったんだけど、中学に入ってからだな、殻に閉じこもったのは」

懐かしそうな微笑が来栖の口もとから消える。

「ほら、綺麗《きれい》な名前だからさ、女っぽいとかオカマとかからかわれるようになって……。気にはなってたんだけど彼とは話したこともなかったし、当時はそれほどひどいいじめはなかったから」

あのとき思い切って声かけてればよかったんだよな、と来栖はつぶやく。思いやり深く弱い者に対しては面倒見のいい男だが、その悔しげな表情からはなんとなくそれだけではなく、白雪を特別に気にかけていたような印象を受けた。

「白雪君は気が弱くて目立たないけど、ホントいいヤツなんだよ。人の嫌がることを率先してやってくれたり……それも見えないところでさ。不器用だけど一生懸命なところも助けてやりたくなるというか……どうも昔から気になる存在だったんだよな」

来栖が少し言いづらそうにしながら頭をかき、笑った。

まさに同じ気持ちだった。白雪を気にかけるようになってから、アーロンも見てきたからだ。彼が、死んでいた小鳥を涙を拭いながら埋めてやっているところ。図書室の本を綺麗に並べ直しているところ。花壇の花の世話をよくしているところ。そういった些細《ささい》なことの一つ一つが、彼がどんな人物かを物語っていた。

殻に閉じこもってしまっていても、中身の美しさは隠せず滲《にじ》み出る。

来栖も彼のいいところにちゃんと気づいてくれていたことに、アーロンは心から安堵《あんど》した。どうやら来栖も自分と同じらしい。その表情や話しぶりから感じる。白雪の危うい清らかさを、その弱さごと守ってやりたいと思う同志だ。

「颯真、おまえはさすがだな。よく人を見てる」

来栖は照れたように笑って片手を振った。

「あー、いやいや。暗い顔してるヤツがいると気になるのは性分みたいなもんだから。それより、おまえだよ」

「俺がなんだ？」

「正直ちょっと意外だったんだ。いや、おまえがいじめを見過ごせない漢気《おとこぎ》のあるヤツだっていうのは知ってるよ。けど、白雪君のことをそんなに心配するなんてな。おまえって、揉め事や面倒事には関わらない主義だろ？　ああごめん、悪い意味じゃなくってさ」

アーロンが一瞬苦いしかめ面になったのを見て、来栖は苦笑で両手を上げる。

「自分が関わるとさらに面倒なことになるからって、気を遣ってるのはわかってるよ。今回のことだって後は頼むって俺に丸投げでもいいはずなのに、ずっと気にかけて白雪君の様子を聞いてくるだろ？」

確かに来栖の言うことはもっともだ。アフターケアなら来栖に任せておけば、何もかもすべて白雪にとっていいようにしてくれるだろう。噂の当人であり獣人の自分がでしゃばるべきではないし、その上、当の白雪には怖がられている。

それなのに、こと彼に関してはどうしても放置しておけないのだ。特定の人間がこれほど気にかかるのは、アーロンにとっても初めてのことで自分でも当惑してしまう。

「それは……当然だろう。白雪は俺のせいでおかしな噂を立てられたんだから、責任を感じる」

それ以外の理由があるとすれば、ピアノを弾いているときの彼の顔が頭から離れず、あんなふうにいつも笑っていてほしいと思うからだが、来栖にわざわざそれを言うのもなんとなく気恥ずかしいような感じがした。

「だろうな。理由はどうあれ俺は嬉しいよ」

それ以上突っこもうとせずに、来栖は本当に嬉しそうに笑った。

「何がだ」

「おまえが少しでも、他の人間に興味を持ってくれたってことがさ」

ポンと軽く背を叩かれ、なんと返したものかわからず肩をすくめた。ただ、来栖が獣人に対しての『人間』ではなく『他の人間』と言ってくれたことが、胸の中のささくれたところを優しくならしてくれた気がした。

「ところでマジな話だけど、そろそろ正式メンバーとして入ってくれないか？　うちのバンドに」

小体育館が見えてきたところで、何度も断り続けている話が蒸し返される。

「おまえの一番得意なサックスで。ジャズっぽい曲もやりたいと思ってるんだよ」

頼む、と両手を合わせる友人に無理だと苦笑で手を振る。来栖としては一匹狼《おおかみ》のアーロンをもっと生徒たちに馴染ませたいという思いもあるのだろうが、そういう気遣いは正直やや迷惑だった。

「勘弁してくれ。人前で吹けるような腕じゃない」

「またまたご謙遜を。そうあっさり断らずにちょっとは考えてみてくれよ。おまえ知らないだろ？　全校生徒がおまえの……」

唐突に言葉を切った来栖の視線の先を追い、アーロンも目を見開いた。

小体育館の入口の脇に隠れるように身を縮め、小柄な男子生徒が立っている。そのすっとした立ち姿と顔を隠す長めの前髪で目を凝らさずとも誰かはわかった。

「白雪君！」

来栖が弾んだ声を上げ速足でそちらに向かう。事情がわからず、アーロンはどうするべきか迷う。ただ、来栖よりよほど目立つアーロンが視界に入っていないわけがないのに、今白雪は逃げようとはしていない。

「来てくれたんだな、よかった。……おい、アーロン！」

手招きで呼ばれてしまい、アーロンは止めていた足を用心深く踏み出した。白雪を怯えさせないように、ゆっくりと。

「教室に入るのが難しかったら、バンドの練習だけでも見に来ないかって誘ってたんだよ。白雪君、前からたまに練習のぞいてくれてたからさ。な？」

そうなのか？　とやや驚いて白雪を見ると、本人は白い頬を桃色に染め、コクリと小さく頷いた。落ち着かなげに揺れる瞳がおずおずと上げられアーロンに向けられる。噂のことを謝る間もなくその目はすぐに伏せられてしまう。

「ああ、今日は出雲も助《すけ》っ人《と》に頼んでるんだ。ドラム要員。こいつのドラム迫力あってすごいんだよ。聴いてって」

「や、颯真、俺はやっぱり今日は帰る」

「はぁ？　何言ってんだよ、駄目だって。白雪君もいいよね？　大丈夫、他の生徒は誰も入れないようにするから」

来栖はアーロンと白雪が噂のことを気にしているのだと思い、両方を気遣ってくれているのだろう。だが本当はそれよりも、白雪がアーロン自身を怖がっていることが問題なのだ。

自分が帰ると言わなければ、せっかく勇気を出してここまで来られた白雪のほうが帰ってしまうのではないかと思ったのだが、意外なことに彼はその場から逃げ出さなかった。それどころか、「うん……来栖君、ありがとう」と小さな声で言ったのだ。

アーロンからはすぐにそらされた目が、まっすぐ来栖に上げられる。来栖が優しく笑いかけると、眩しげな瞳が恥ずかしそうに揺らぎ頰がさらに色づいた。

（ああ、そうか……なるほど）

人選は間違っていなかったようだ。来栖に任せてよかったとアーロンは改めて思った。

白雪海音はおそらく、来栖颯真に好意を持っている。

＊＊＊

観覧車のアクシデントから五日経《た》って、依頼していた遊具メーカーがやっと点検に来てくれた。なんとか動くようにはなったものの、あまりにも古い型なので修理しようにももう部品がないとのこと。次また停《と》まるようなことがあったらそのときは寿命だろうという話だった。

副園長のトニオは肩を落とし、すがるような目でアーロンを見上げて言った。

――うちの目玉がなくなったら、いよいよ崖っぷちという感じですなぁ。

崖っぷちというなら、とうの昔にもう崖っぷちだ。だがいよいよ落ちるというときまでは、精一杯あがき続けたい。

とにかくこの間のように、客が乗っているときにいきなり停止してしまうようなことがあってはならない。いざというときには手動で動かせるように設定を変更してもらった上で、毎朝の点検を欠かさずに行いながら運転は続行することにした。

もとより収益は見こめないが、この観覧車に希望を求めてくる人がまだいる限りは動かし続けていたかった。

(あいつは、どんな願いをかけたんだろうな……)

今日もガコンガコンと派手な音を立てつつがんばってくれている観覧車を見上げながら、アーロンは五日前の白雪のふさいだ青白い顔を思い浮かべる。勇気を出して乗ってみたはいいが途中で停まってしまい、やはり自分の願いは叶わないのだ、などと悲観的になっていなければいいのだが……。

　彼と再会してからの五日間、ずっと高校時代のことを思い出していた。録画したまま捨てられずにしまいこんでいたビデオが突然出てきて、懐かしくなり再生するように。

　アーロンとの下劣な噂を広められた白雪は、学校に来てもすぐまた休むといったサイクルを繰り返した。旧校舎の音楽室でピアノを弾くこともなくなり、教室では時間が一刻も早く過ぎてくれることを祈るように俯き、自席にじっと座っていた。

　自分が声をかけたりすればさらに彼に好奇の目が集まることがわかっていたので、アーロンは来栖に彼のことを任せ陰から見守っていた。

　来栖に誘われバンドの見学に来るときだけは、強張った白雪の顔も少しやわらぐように見えた。欠員補充の助っ人でアーロンが加わっているときでも、白雪は怖がらずにやってきた。

　演奏の合間の休憩時間には来栖と音楽の話をしたりもしていた。一方的に話しかけているのは来栖で、白雪は小さな声で一言二言答えるだけだったが、ごくたまに微笑んだりするときもあった。そんなときは、人形のように真っ白な頬が薄桃色に染まっていた。

　当の白雪が学校に来ない日が多くなったためか噂は自然に消えていったが、白雪自身の心の傷はなかなか癒えなかったようだ。結局、彼は卒業式にも出られなかった。ぎりぎり単位は足りていたので卒業自体は問題なく、その後知人の伝手《つて》で就職し都会に出ていったと来栖から聞いた。

結局アーロンは卒業するまで、白雪海音と言葉を交わすことはなかった。もう一度ピアノを聴かせてほしいという願いも、胸の奥に押しこまれたままになってしまった。

(もうすっかり忘れたと思ってたことまで、こうして思い出すとはな……)

この五日間というもの、エンドレスのＢＧＭのように白雪の奏でていた音楽が頭の中で鳴っている。よく覚えていたものだと驚くほど鮮明に、癒しの調べがよみがえっている。それと同時にピアノに向かっていた彼の楽しそうな顔も浮かび、アーロンの心を常にない優しい感覚で包んでくれていた。

今の彼は、あんな安らいだ微笑みを浮かべることがあるのだろうか。

「あの……」

とても小さな声だった。聴力の優れているアーロンでなければ空耳かと聞き流してしまっていただろう。

青いゴンドラを見上げていたアーロンは振り向き、二メートル先に立っている人物を認め目を見開いた。

白雪海音は五日前と同じ服装で、ガチガチに緊張しているのがわかるほどかしこまって立っていた。視線は落とされているが、アーロンに向かって話しかけたのは明らかだった。

幸い緊張しきっている相手には、ポーカーフェイスのアーロンの動揺はみじんも気づかれなかっただろう。

「こ、この間は……っ」

硬くなりすぎて言葉がうまく出てこないようだ。

「ああ……先日は本当に申し訳ございませんでした」

黙っていると威圧感が半端ではない自分の容貌はよくわかっている。アーロンはなるべく穏やかに声をかけた。

内心、驚いていた。白雪はもうここには来ないだろうと思っていたのだ。思わぬアクシデントで怖い思いをしたこともあるが、何よりここに来ればアーロンと会ってしまう可能性があるとわかったのだから。

「あの後大丈夫でしたか？　お怪我などは？」

あくまで園長として問いかけると、白雪はチラッと視線を上げ、またすぐに伏せてしまった。ほんの一瞬、寂しげな表情を見せたと思ったのは錯覚か。

「は、はい、大丈夫です。あのときは……ありがとうございました。お礼をちゃんと言えなくて……」

蚊の鳴くような声だが、白雪がそんなにたくさんの言葉をしゃべるのを聞くのは初めてだ。七年の歳月の間に彼も変わったのだと感じた。

「とんでもない。こちらはお詫びをする立場ですので。お客様に怖い思いをさせてしまいました」

めったに見せない営業スマイルを作る。もっとも獣人の中でも獰猛に見える強面《こわもて》のアーロンが笑顔を作っても、かえって怯えさせるだけかもしれないが。

では、と手を上げ立ち去るのがいいのか、このまま会話を続けるべきなのかと迷ったとき、

「出雲君」

はっきりと、名前を呼ばれた。白雪の目は遠慮がちながらもまっすぐアーロンに向けられていた。意表をつかれ声を出せずにいると、

「じ、実は僕、出雲君と、高校のときの同級生なんです。出雲君は、覚えていないと思いますけど……」

「ああ、いや、待て。覚えてる。白雪海音。本当は最初から気づいてた」

あわてて遮ると、今度は白雪のほうが驚いたようで伏せがちな目を見開いた。

「えっ、覚えて、たんですか？」

「当然だ。二、三年と同じクラスだっただろう。誤解するなよ、気づいてないふりをしてたのは、つまり……」

「わ、わかってます。僕と関わりたくなかったとかじゃなくて、出雲君が気を遣ってくれたんだって……」

白雪はそう言ってから、ボディバッグについているマスコットを持ち上げた。アーロンをモデルにして母がデザインを考えた、ドリームランドのモチーフのブルータイガーのぬいぐるみだ。

「お言葉に甘えて、これ、もらいました。本当にありがとう」

売店で売っている土産物《みやげもの》だが、子どもの頃の自分の似姿のマスコットはさすがに気恥ずかしい。父の死後すべて廃棄しようとしたのだが、トニオが許してくれなかった。

何か好きなものをもらってくれとは言ったが、なぜよりによってそれなのか。売店には無難な菓子類もあるのに。白雪のほうは深く考えていないのかもしれないが、自分がモデルの人形を彼に持たれているというのはなんだか妙にこそばゆい。

「どうしてそれにしたんだ。おまえのセンスを疑うな」

思わず渋面になってしまうが、白雪は怖がる様子はなく逆に表情をやわらげる。

「え、どうして？　これすごく可愛いじゃないですか。僕は好きですよ」

「おまえ、その話し方はやめろ」

「え……？」

「敬語だよ。同級生だろう。タメ口でいい」

「あ……う、うん」

目の錯覚でなければ、肩をすくめた白雪は少しだけ笑ったように見えた。アーロンの鼓動を刻む音が、彼が微かに笑むだけでまろやかになる。

そう、本当はこんなふうに彼と話をしたかったのだ。叶うことのないはずだった願いが今叶っているのは、もしや青いゴンドラのご利益なのか。らしくなくそんなことまで考えてしまう。

「で、今日も乗っていくか？　よかったら、俺も一緒に乗せてもらうが」

観覧車のほうに顎をしゃくった。断られるのを覚悟の誘いだったが、今も彼が俯いている理由をできれば知りたいと思ったのだ。

昔だったら周りの生徒の目を気にしただろうが、今は誰もいない。二人を見ているのは暖かい陽を注ぐ太陽だけだ。

白雪は一瞬驚いた表情を見せたが、「え、でも、出雲君仕事中じゃ……？」と言った顔は嫌そうではなかった。

「見てのとおり開園休業状態で暇を持て余してる。観覧車は点検したばかりだから停まるようなことはないが、五日前の今日で一人で乗るのも不安だろう？」

もしかしたら彼にとっては、自分と二人で逃げ場のない箱に閉じこめられることのほうが不安だろうかと思ったが、白雪はホッとしたように小さく頷き、

「うん。じゃ、お言葉に甘えて一緒に、いいかな」

と微笑んだ。

今日は一体どういう日だろう。驚かされることばかり起こる。

観覧車自体はミニサイズなのだが、ゴンドラの中は獣人家族が乗っても問題ない広さだ。獣人の中でも体格のいいアーロンと、小柄とはいえ成人男子の白雪が向き合って座ってもまだ余裕はある。

とはいえそんな近距離で正面から向き合うのは初めてで、アーロンは常にない昂揚感《こうようかん》を覚えていた。なんとも不思議な、胸が躍るような感覚だ。普段から感情がフラットなアーロンにしてはとても珍しいことで、目の前にかしこまって座っているもとクラスメイトが自分にとってはどうやら今でも特別に気になる存在らしいと改めて意識させられる。

一方で、白雪はこの状況を楽しんでいるとは言い難い様子で、やや緊張しているようだった。だが、高校のときのように怯えている感じではない。怖がっているというよりは硬くなっているといった印象だ。

「この観覧車はそれほど高さはないが、景色はいいぞ」

黙っていると気詰まりになり白雪がますます強張ってしまうかもしれないと、アーロンはとりあえず当たり障りのない話題を口にした。

「園の裏手に森があるんだ。てっぺんからは特によく見える。一面の緑がなかなか見事だ」

　窓を示すと、伏せがちだった白雪の目が上げられ外に向けられる。

「本当だ。キラキラしてる……」

「だろう。見ていると気持ちが落ち着いてくる」

「うん」

　白雪はほうっと息を吐き、目を窓からアーロンに移した。まともに視線が合う。白雪の瞳は薄く透きとおった琥珀《こはく》のような色をしている。引きこまれそうに美しくいつまでも見ていたくなるが、怖がらせてしまってはと気遣いアーロンのほうからさりげなく目をそらした。

「出雲君は、ここの園長さんなんだよね？」

　まさか白雪のほうから話しかけてくるとは思わず、内心驚きながら「ああ、一応」と答える。

「高校卒業してから、ずっと？」

「いや、親父《おやじ》が死んだ二年前からだ。もっとも子どもの頃から跡を継ぐつもりだったし、卒業後はここの仕事を手伝ってたけどな」

「そうなんだ。……すごいね」

　親の稼業を継いだだけなので『すごい』ことは何もないのだが、白雪の声は心から感心していた。

「白雪は、たしか就職して上京したんだったか?」

答えたくなければ答えないだろうから、そのときはすぐに話題を変えるつもりだった。

だが白雪は意外にもすんなりと、

「うん。したんだけど、会社を辞めて戻ってきてるんだ、去年から」

と答えた。

「そうなのか」

窺った顔は青白く、また伏せ目になってしまった表情が昔教室の隅でひっそりしていた頃の彼を思い出させる。

「で、今はどうしてるんだ」

平日の昼間から願いが叶う観覧車にわざわざ乗りに来るくらいだから、充実した楽しい毎日を送っているとは思えない。

少しでもためらう素振りを見せたらその話はやめようと思っていたのだが、彼は間をおかずに口を開いた。

「家にいる。ひきこもってるんだ。ちょっと、外に出るのが怖くて……」

ああ、変わっていないのだ、とアーロンの胸はズキリと痛む。高校のときの生きづらそうに俯いていた白雪が、今目の前にいる彼とぴったり重なる。

卒業後、彼のことを思い出すたびに、今どうしているのかと考えていた。つらい思いをした場所から遠く離れて、毎日生き生きした笑顔でいる彼を想像しようとしていた。

だがそれはしょせんただのアーロンの願望で、現実の彼はまだ殻の中にいた。ありもしない奇跡にすがりたくなるほどに、つらい場所にうずくまっていたのだ。

どうにかしてやりたいと思った。我ながら驚いてしまうくらい、昔とまったく変わらない『守りたい』という気持ちが沸々と湧いてきた。

「向こうで何かあったのか？」

高校時代には差し伸べられなかった手を今なら思い切って伸ばせた。周囲には誰もいない。小さなゴンドラの中には二人だけだ。

白雪は、今度は答えをためらった。しばし口をつぐんでから意を決したように目を上げたが、タイミング悪くゴンドラが揺れ視線が泳ぐ。

「あっ……もう着いちゃったね」

ゴンドラはちょうど一周して乗り場に停止していた。ほとんど景色を見る余裕もなくあっという間だっただろう。

「もう一周するか」

「えっ、い、いいの？」

「どうせ他に客もいない。好きなだけ乗っていけばいい。とりあえず、十周くらいしてみるか？」

どこか残念そうにしていた顔がホッとし、唇が少しほころんだように見えた。うん、と頷くその顔を見て、むしろアーロンのほうが安堵する。少なくとも今彼は、自分とこの閉じられた箱で向かい合っていることを居心地が悪いとは思っていないようだ。

「十周したら、願いが叶う確率も上がるかな」

そうつぶやいて、白雪は小さな声で「ありがとう」と礼を言った。そして、ガタゴトと再び昇っていくゴンドラのゆるやかなテンポに合わせるように、ポツリポツリと話し出す。

知人の伝手で事務機器メーカーの工場に就職した白雪は、勤めて四年ほどは順調に働いていた。同僚とのコミュニケーションはほとんど必要なく、黙々と目の前の単純作業をこなす内容の仕事は白雪の性格に合っていた。だが、五年目の四月になって営業の部署に異動の辞令が出た。真面目な仕事ぶりを買われてのことだったらしいが、ノルマのある対外的な仕事は白雪には荷が重かったようだ。

——自分なりに精一杯がんばったんだけど、全然駄目だったんだ。

白雪はそう言って、深く息を吐きうなだれた。

ノルマはきつくなかなか成績を上げられなかった白雪は、それでもなんとかがんばろうと努力した。人一倍残業をし遅れを取り戻そうとしてみた。就職して四年間、せっかく他の人と足並みを揃《そろ》えてこられたのだから、ここでこぼれ落ちたくないという気持ちもあったようだ。

そんなある日、大口の契約を交わしてくれるという相手が現れた。関連会社のまだ若い二代目社長だったが、白雪の話を丁寧に聞いてくれ、いつ行っても優しく迎えてくれた。契約してもいいよと言ってもらえたときは夢のようだったが、条件を出された。

——自分と、一晩つき合えって……。

白雪は言いづらそうにアーロンに打ち明けた。

アーロンは思い切り顔をしかめそうになるのをかろうじて堪《こら》える。

高校のときと同じだ。おとなしく控えめな彼なら言いなりになるだろうと、好き放題踏み荒らそうとする連中は社会に出てもまだいたらしい。それもよりによって、汚らわしい性的な脅しをかけてくるとは……。

自分でもちょっと度が過ぎるのではと思うほどの怒りが湧いてきて、喉の奥で唸りを上げそうになった。

「い、出雲君、ごめんね。こんな話聞きたくない？」

アーロンの表情が険しくなったのに気づいたのだろう。白雪があわてた様子で気遣ってきた。

「いや、聞かせてくれ。おまえが嫌じゃなければだが」

頭を冷やし表情をやわらげると、白雪はホッとしたように小さく頷く。

社長の要求を、白雪は当然断った。すると相手は豹変《ひょうへん》し、あろうことか腹いせに白雪が枕営業をしようとしたと噂を流したという。周囲もまさかと半信半疑だったが、表向きは人格者で外面のいい社長の話を頭から否定できなかったようだ。自社の社長室に呼ばれて、問題を起こさないでくれと注意されたときには悔しくて涙が出そうになったと、白雪は唇を噛《か》んだ。

「ひどい話だな」

めったに激昂《げっこう》することのないアーロンだったが、さすがに胸がむかついてきて吐き捨てる。

「おまえは何一つ悪くないのに……。悪いのはその女のほうだろう」

アーロンの言葉にハッとしてから、さんざんためらった末に

「女……じゃないんだ……」

と、消え入りそうな声で白雪が訂正する。

「ん？」

「その相手方の社長、男、なんだ。僕はそれ以前から女性っぽいとか言われてたから……社長の話を信じた人も結構いたんだと思う」

アーロンは返す言葉を失う。

それではまるっきり高校のときのままではないか。つらい思い出のある場所からやっと

離れられ心機一転がんばっていたというのに、なぜまた同じことで苦しめられなければならないのだろう。どこに怒りをぶつけていいのかわからない理不尽に、アーロンの眉間の皺《しわ》は深くなる。

「あ、でも、高校のときみたいにいじめられてたわけじゃなかったんだよ。なんとなく、好奇の目で見られるようになったというか……僕が被害妄想だから、そう感じただけかもしれないけど」

アーロンの怒りを感じ取ったのか白雪が焦って言い訳する。露骨ないじめではなかったとしても、突き刺さってくる視線は白雪の心のやっとふさがれた傷を開いてしまったはずだ。

「もちろん僕は噂を否定したし、ほとんどの人は僕の言い分を信じてくれたんだ。でも、自分がゲイだってことは、言い訳のしようがなくて……」

それは本当のことだから、と白雪は膝に置いた両手をぎゅっと握り締め早口でつぶやいた。

相当思い切ったのだろうその告白は、すっと自然にアーロンの心に届いてきた。意外に思わなかったのは、アーロンがそれをすでに予測していたからだ。

高校のとき、眩しげな目で来栖を見てほのかに頬を染めていた白雪が脳裏によみがえる。彼が来栖に抱いているのは特別な好意なのではないかと、あの頃から感じていた。それに気づいたときに覚えた、胸の奥が疼《うず》くような理由のわからない痛みまで思い出し、アーロンはわずかに落ち着かなくなる。あのときは嫌悪感などみじんも感じられなかったどころか、むしろ彼に好意を持たれている来栖を明らかにうらやんだくらいだったのだ。

(何しろ、俺は避けられていたからな……)

微苦笑を浮かべてから、判決を受ける被告人のようにアーロンの反応を待ち、身を縮めている白雪に、アーロンは穏やかに声をかける。

「それの何が問題なんだ。誰に迷惑をかけるわけでもないだろう」

白雪はハッと顔を上げ、びっくりしたような目でアーロンを見た。

「出雲君は……気持ち悪くない?」

恐る恐る聞かれ、「馬鹿を言うな」とかぶせるように言い返す。

「恋愛対象がたまたま同性だってだけだろうが。卑下することじゃない。堂々としていればいい」

よほどその答えが意外だったのかもしれない。白雪はまじまじとアーロンを見つめてから、目を何度か瞬き俯いて「ありがとう」と小さな声で言った。

「僕も、本当はそうありたい。堂々としていたいって思うんだけど、なかなか難しくて……。みんなが僕のことを見て笑っているように感じてしまったんだ。結局会社に行くのが怖くなって、仕事どころではなくなって、辞めざるを得なかった」

　一人で買い物に行くこともできなくなって実家に戻ってきたのだと打ち明けた彼の手は、膝の上でしっかりと握り合わされている。

　話を聞いている間に、観覧車はもう何周しただろう。何回目かのてっぺんにたどりついたゴンドラの窓からは瑞々《みずみず》しい緑の森が見えたが、白雪の視線は落とされている。

「それで、観覧車に乗りに来たのか」

　おそらくは、今いる深みから抜け出せるようにと願いをこめて。

　白雪はコクリと頷いた。

「最近は、少し外に出られるようになったから。ドリームランドの観覧車の噂は前から知ってて、一度乗ってみたかったんだ。自分が変われるきっかけになればいいなと思って。それに……」

　少しためらいの間を置き、予想外の言葉が耳に届く。

「出雲君のうちがやってる遊園地だから、行ったら君に会えるかも、と思って……」

「何？　俺にか？」

「そ、そう」

　思わず身を乗り出し聞き返すと、白雪は申し訳なさそうに身を縮めながらもはっきりと頷く。どうやら相当な勇気を出してその言葉を口にしたらしい。カチコチに固まりながらもアーロンに上げられた瞳は輝いていて、彼の決意のようなものをのぞかせている。

「どうしてだ？」

「ど、どうして……？　それは、う～ん……高校のとき、結局謝れなかったことが、ずっと心残りだったからかな」

考え考え、白雪は慎重に理由を口にした。アーロンは首を傾《かし》げる。

「謝る？　何をだ」

「何をって……僕のせいで、出雲君まで変な噂を立てられてしまったことを」

噂の内容を思い出したのか、頬がわずかに染まり困ったような顔になる。

「おまえのせいじゃないだろう。おまえが謝ることじゃない」

「え、じゃ、出雲君は怒ってないの？」

「怒ってるのはデマを流した卑怯な連中に対してだ。おまえにじゃない。もしかして俺が怒ってると思ってたから、俺のことを怖がって避けてたのか？」

「えっ？　そんな、出雲君のことを怖がってなんかいなかったよ！」

思いがけず強い口調で言い返され、今度はアーロンが見返してしまう。白雪はハッとしたように口を押さえ、ごめんと首を縮める。

「さ、避けてたのは、確かに、そう。僕に近づいたら、出雲君がますますからかわれるだろうと思ったから。それに君はとても目立つし……集まってくる周りの目が気になったんだ」

「なんだ、それじゃおまえは、俺が獣人だからびくついてたわけじゃなかったのか」

逆にキョトンとされてしまい、アーロンは内心面食らう。

「獣人だから？　そんなわけないよ！　……や、でも……うん。獣人だからじゃないけど、出雲君に近づけなかってたっていうのは、少しはあるのかな」

白雪は右に左にと首を傾げながら、理由を説明する。

「出雲君はいるだけで目立って……反感持ってる人につっかかられたりしても、まったく相手にしないで、いつも堂々としていて……。そういう強い人から見ると、僕なんか弱々しくて情けないヤツって思われてるんだろうなって……それが心配だった。軽蔑されてるかもって」

「軽蔑？　俺がおまえをか？」

ありえないことだ。そんな誤解をされていたとはまったく思っていなかった。今さらながらアーロンは頭を抱えそうになる。やはりコミュニケーションというものは大切だ。

「するわけないだろう。むしろこっちは、おまえには相当恐れられてると思ってたんだ。俺とあんな噂を立てられて、謝りたいのは俺のほうだったんだぞ」

「出雲君が謝るなんて、とんでもないよ！　それに、恐れてなんかいなかったよ。というか、僕こそ君に嫌われてると思ってた。僕が軽音部の見学に行くと、君はいつも怖そうな顔でそっぽを向いてたし……」

「や、俺はもともとこういう顔なんだ。そもそもおまえが怖がるだろうと思ったから、おまえのことを見ないようにしてたんだろうが。大体、俺と目を合わせないようにしてたのはそっちだろう」

「そ、それは、うん……確かに出雲君のこと、なかなか見られなかった。キ、キラキラしてたから……」

「ん？　なんだと？」

最後の一言はさすがに聞き違いかと思わず確認してしまう。白雪はさらにそわそわしだす。頬が今は完全に桜色に染まっている。

「だ、だから、出雲君がかっこよすぎて……直視できなかったんだ。いつも、後光が差してるみたいで……。あっ、これは僕だけが言ってたことじゃないからっ」

大あわてで手を振る白雪を、アーロンは唖然《あぜん》と見返す。

「出雲君に憧れてる人はたくさんいて、特に女子なんか陰でキャーキャー言ってたよ。ただ君はいつも、なんていうか、孤高を保ってて……ブルータイガーっていうのも神秘的な雰囲気で、とても近寄り難かったから。え……もしかして、気づいてなかった？」

アーロンのポカンとした顔を見て、白雪はパチパチと目を瞬《しばた》く。

「いや、まったく」

かろうじて答えると、白雪はクスッと笑った。その日初めて見せる明るい笑顔だ。

「君はすごい人気者だったんだよ。だから例の噂が立ったときは、僕はかなり居心地が悪かったんだ。女子の視線が特に冷たくて」

冗談めかして笑う白雪を見ながら、アーロンは自分がどれだけ周囲をちゃんと見ようとしていなかったかを今さらのように思い知る。

わかりやすくつっかかってくる者や、来栖のように好意を前面に出して近づいてくる奇特な者以外は、『その他大勢』のくくりに入れてほとんど関わりを持とうとしなかった。遠巻きにされているのは自分を恐れているか、目障りに感じているかだろうと決めてかかっていたのだ。

「どうも信じられないな。おまえの思いこみじゃないのか？」

「違うよ」

「そのわりには俺に話しかけてくるヤツはいなかったぞ？」

「それは君が、なんていうのかな……うん、超然としてたから。こう言っちゃあれだけど、ちょっと気安く近寄るなオーラ出てたと思う」

やや言いづらそうに白雪が首をすくめる。

自分では意識していなかったが、そうなのかもしれない。別に誰とも親しくなんかなる必要はないと当時は思っていた。逆に言えばそれは、自分の周囲に透明なバリアを張っていたということなのかもしれなかった。

「なんか僕たち、ちょっと誤解があったみたいだね」

「そのようだな」

目が合って、つい笑みを漏らしてしまった。

こうして再会できたことは本当に幸いだった。一生誤解したままにならずにすんだのだから。

「それじゃ、改めてごめんなさい。僕のせいで変な噂を立てられてしまって。それと、ありがとう。助けてくれて」

白雪は居住まいをただし、ペコリと頭を下げる。

「いや、俺のほうこそ考えなしだった。噂を広められたのは俺のせいでもある。悪かったな」

ずっと背負っていた荷物を下ろしたように心が軽くなった気がした。同時に、白雪との間に築かれていた壁が崩れ、向こう側の見晴らしがよくなったようにも感じた。高校のとき、どんなに壊したいと思っても壊せなかった高い壁が、今は跡形もなくなっている。

相手も同じように思っているのだろう。ホッと息をついた白雪の表情は、観覧車に乗る前より明らかにやわらいでいた。

ゴンドラはいつのまにかまた頂上に達していた。もしかしたらもう十周以上回ってしまったかもしれない。

「わぁ……本当に緑が綺麗だね。もっとよく見ればよかった」

白雪が窓の下に向けた目を細める。

「いつでも好きなときに乗りにくればいい。降りたら乗り放題のフリーパスを発行してやる」

「えっ、そんないいよ！　ちゃんとお金払うから」

「遠慮するな、園長権限だ。それくらいしかサービスはできないが」

「ううん、それってすごいサービスだよ。……じゃ、ありがたく乗らせてもらいます。でも入園料は払うね」

「頼む。見ての通りの大赤字で困ってる」

肩をすくめて見せると、「出雲君でも困ることがあるんだ」と白雪はクスクスと笑った。

そして、澄んだ目をじっとアーロンに向けてくる。

「出雲君、本当にありがとう。いろいろ聞いてくれて。僕はずっと、誰かに自分のことを話したかったのかもしれない。すごく楽になれた」

「聞いてやっただけだ。何もしてない」

「それで十分だよ。高校のときは、出雲君が雲の上にいる人のように思えて近づけなかったけど……こないだ、助けてくれたでしょ」

停止したゴンドラから救い出したときの背中にすがりついてきたぬくもり、そして困惑した顔がよみがえる。

「あのとき、最初は忘れられちゃってるんだって少し寂しかったけど、そうじゃなくて気を遣ってくれたのかもって後から気づいたんだ。君の目が、とても優しかったから……だから思い切って今日来られた」

来てよかった、それで、話せて、とか細い声で白雪はつけ加える。頼りなげな瞳が寂しげに揺れているのは、ゴンドラがもうすぐ地上に着いてしまうせいか。

名残《なごり》惜しいと思うのはアーロンも同じだ。このままもっと話していたい。白雪のことを知りたい。そんな気持ちを抑えつけ、

「話ならいつでも聞く。願いが叶うまで何度でも乗りに来い」

と力強く言ってやると、琥珀色の目が大きく見開かれた。

「おまえも暇だろうが、見てのとおり俺もそれほど忙しくない。雑談ならいつでもつき合ってやるぞ。一日中部屋にこもってるよりはいいだろう？」

「う、うんっ」

白雪は顔を輝かせ、ゴンドラが乗り場に着くまでにありがとう、本当にありがとう、と三度も繰り返した。

町に子どもがたくさんいて、願いを叶えたい人が青いゴンドラに乗ろうと列を作っていた頃、園の最奥に位置する野外劇場では毎月音楽会が開催されていた。

音楽会といっても地域のボランティア楽団がステージに上がり、子どもに人気のあるアニメソングなどを演奏するこぢんまりとしたものだ。それでも、娯楽の少ないこの町に住む子どもたちには結構な人気で、全部で百人ほどが座れるようになっているベンチはすべて埋まり、毎回立ち見が出るほど盛況だった。

人間の子も、数は少ないが獣人の子も一緒になって、演奏に合わせて踊ったり歌ったりしていたのをアーロンも覚えている。アーロン自身は同年代の子どもよりずっと大人びていたので、彼らに交じってはしゃいだりはしなかったが、来園者が一つになって盛り上がっているのを見るとなんとなく心が躍ったものだった。

(しかし今は……見る影もないな……)

荒れ果てたステージの中央に立ち、アーロンは深く溜め息をつく。

足もとに目をやれば床板ははがれかけ、あちらこちらにたくましい雑草がここは我が家とばかりにすくすくと育っている。客席たるやもっとひどい状況だ。雨ざらしだった木のベンチは朽ちかけて横倒しになり、裏側にきのこが生えていたりする。まともに座れるものが一脚も残っていない。

——子どものうちから交流すれば、人種の違いなんて考えなくなるよ。

そのための音楽会なんだよ、と穏やかな笑顔で語っていた父がこの惨状を見たらさぞ嘆くことだろう。

「おお、園長！　お呼びでしたか？」

いつもせかせかしているトニオが汗を拭き拭き駆け寄ってきた。

「ああ。副園長、早速だがこの野外劇場をもう一度使えるようにするにはどのくらい金がかかるか見積もってくれ」

「はぇっ？」

思いもかけないことだったらしく、真面目な副園長は素っ頓狂な声を上げる。

「劇場を使えるようにするとは……まさか、音楽会をまた開催するおつもりですかっ？」

「ああ、そのつもりだ。人寄せにはやはりイベントが一番だからな。悪くない考えだろう？」

「で、ですが殿下、いや園長、この町にはもう音楽会に来るような子どもはおりませんのですよ？　この町どころか、周辺の町に至るまで高齢化が進んでいて……」

「子どもがいないのなら大人を集めればいい。大人でも楽しめる音楽会にするんだ。ついでに園の対象年齢も上げるつもりでいる。このドリームランドを、子どもから老人まで集える憩いのスペースにするんだよ」

ポカンとしているトニオに、アーロンはここしばらく練っていた案を説明する。

このまま園を存続させていきたいのなら、これまでどおりのやり方では駄目だ。遊具は子どもたちのためにそのまま残して、大人向けのアトラクションも考えていく必要がある。さしあたって観覧車裏の森を、散策のできる公園にしたらどうかとアーロンは考えていた。

その森は父が園を作る際一緒に買い取った土地で、今はアーロンの名義になっている。園の周りに緑を残したいという想いだったようだが、ただ所有しているだけではもったいない。アーロンも気分転換にたまに森の中を散策するが、歩きやすい自然道があり四季折々の花が咲くなかなかに心地よい場所だ。

この町にはゆっくり散歩を楽しめるような公園などはない。散歩道をきちんと整備し、スタートとゴールを作って迷路ゲームのようにしたらきっと楽しめるし、有効活用できるのではないかと思いついたのだ。

「しかし園長、簡単におっしゃいますが、森を公園にするには結構な予算が必要になりますぞ。お客様に入っていただくとなると木々の剪定《せんてい》や花の管理も必須となりますし、何しろ広い森ですので休憩スペースも何ヶ所か設置するようでしょうし……」

「金なら親父が遺してくれた分がまだあっただろう。それでやってくれ」

「ええっ？　ですがそのお金は、ドリームランドが立ち行かなくなっても園長が一生お困りにならないようにと、お父上様がご心配なさって遺されたもので……っ」

「自分の食い扶持《ぶち》くらい自分で稼ぐから心配するな。トニオ、おまえだって親父とお袋が夢を懸けたこの園をつぶしたくはないだろう？　ここが踏ん張りどころだぞ。今勝負しないでいつするんだ？　え？」

ずいっと距離を詰めたアーロンの迫力に気圧されるように、「い、今ですな」と返しつつトニオは上体をのけぞらせる。

「だろう。賛同してくれて感謝するぞ、副園長。まずは公園よりも劇場のほうを……いや、やはり同時に進めよう。できれば年内にはお披露目できるようにしたい」

「音楽会を、年内に開催されるおつもりなのですかっ？」

「ああ、年末が目標だな。ザッと半年後か」

「ですが昔この劇場で演奏してくださっていたボランティア楽団の方々は、もうおりませんぞ？」

「連絡は取れないのか？　何人かは町に残っているだろう」

「いえ、それが……皆さんエドナ国に移住されたと聞いております。もうこちらに戻られることはないかと……」

トニオが言いづらそうに告げる。

生きづらいニホン国での生活に耐えられず、エドナ国に引っ越していく獣人は後を絶たない。ここ十年で町の中からもずいぶんと獣人が減ってしまった。

うーんとアーロンは喉の奥で唸る。

とりあえず演奏者などの具体的なことは後回しだ。走り出してみれば見えてくる道もあるだろう。

「わかった、楽団のほうは俺がなんとかする。イベント内容も俺が詰める。副園長はとにかく、森林公園の整備のほうを進めてみてくれ」

「園長……本気でこの園を立て直そうとされておられるのですな」

トニオにまじまじと顔を見られ、「無論本気だ」とアーロンは深く頷く。その顔がいつになく真剣なのを見て取ったのだろう。

「それでしたらこのトニオも全力を尽くさせていただきますぞ。今こそ、お父上様とお母上様の悲願を達成するときですな！」

一度覚悟を決めたらやり遂げる、責任感の強い副園長がビシッと背筋を伸ばした。心配そうだった表情には今はやる気がみなぎっていた。


――この園をつぶすわけにはいかない。

それは前々から思っていたことだったが、ここにきてさらにアーロンはその想いを強くしていた。

他でもない、白雪海音のためだ。

観覧車に乗りに来た白雪と再会したのは二ヶ月前、以来彼は週一くらいのペースで園を訪れていた。

白雪が来園する時間はいつも変わらず、平日の午前十時頃だ。アーロンの手が空いているときは一緒に青いゴンドラに乗り、少し雑談したりする。アーロンが忙しく姿が見えないと、白雪は勝手に一人で乗って声をかけずに帰っていくようだった。

互いに約束を交わすわけでもなく、会えば挨拶し世間話をする。高校のときは目を合わせようともしなかったのが嘘のように、二人は自然に会話ができるようになっていた。

最初のうちはやや緊張が見られた白雪も回を重ねるごとに肩の力が抜け、構えずアーロンと向き合えるようになった。アーロンのほうも白雪が自分を恐れているわけではないと知ってからは、過剰に気遣わずに接していられた。

ドリームランドに来てアーロンと話すようになってからは、白雪も一人で外出することがそれほど怖くなくなったようだ。だが普通に社会生活を送るのはまだ難しい様子だった。

——本当は、そろそろ僕にもできるバイトを探さないといけないんだけど……。

情けなさそうに白雪は打ち明けた。

——家族にも心配かけてばかりでふがいなくて。早く今の状態から抜け出さなくちゃ。

焦る様子の白雪に、急がなくてもいいんじゃないか、とアーロンはいつも言ってやる。幸い白雪は家族——両親と妹——とは良好な関係を築いており、皆ひきこもっている彼を急《せ》かしたりせず見守ってくれているようだ。それは彼にとって幸いなことだった。

誰でもその人なりのペースというものがある。白雪はそれが他の人間より多少ゆっくりなだけで、今は長い彼の人生の中の休養のときなのだろう。

けれどせっかくこうして外に出られるようになり少しでも何かを始めたいと思っているのだから、積極的に手を貸してやりたいという気持ちもあった。

——ここに来て観覧車に乗ったり、出雲君と話したりすると気持ちが落ち着くんだ。

安堵の微笑を浮べながら白雪はそう言った。

——出雲君が獣人だから、話しやすいっていうのもあるのかもしれない。出雲君も周りの人の視線に、僕なんかよりもっとさらされてきただろうから……。

こんなこと言って気を悪くしないでほしいんだけど、と心配そうに見上げてきた彼に、アーロンは気にしてないと首を振った。何かというと異分子として他人に注目される落ち着かない感覚は確かに自分もよくわかる。アーロンの場合は無視していられたが、繊細な白雪はそうもいかないのだろう。

この園が今の白雪にとって癒しの場になっているのなら、そう簡単につぶすわけにはいかない。

高校のときは白雪の力になってやれなかった。その分の罪滅ぼしのような気持ちで、今の彼のために何かしてやれればとアーロンは思っている。

（罪滅ぼし……？　いや、何か違うな）

観覧車のほうへと足を向けながら、アーロンはその言葉の違和感に首を傾げる。

白雪の心に深い傷がついたのは自分のせいでもあるのだから詫びたい、という気持ちだけではない。おそらく、アーロンはもう一度見たいのだ。旧校舎の音楽室で楽しそうにピアノを弾いていた彼を。ピアノが聴きたいのももちろんだが、それよりも白雪を笑顔にさせてやりたい。そう強く感じている。

なぜそこまで彼の笑顔にこだわってしまうのかは我ながら謎だったが、結果的に白雪との再会が園に対するモチベーションアップにつながったのだから、彼には感謝すべきだろう。

覚えのある花のような香りが届いてくる。アーロンは鼻が利く。どうやら白雪が来ているらしい。彼の気配をいち早く察してしまうのは、アーロンも彼の来訪を楽しみにしているからなのかもしれなかった。

「あっ……出雲君！」

予想どおり、観覧車のほうから当人が速足で近づいてきた。友好的な笑みは高校のときには考えられなかったものだ。

「白雪、来てたのか」

「うん。今乗り終わったところ」

「しっかり願いはかけたか？」

「はい、おかげさまで」

首をすくめ微笑む、その小さな頭が目の下のちょうどいい位置にあり、つい手を乗せたくなってしまうのをアーロンは我慢する。

最近はこんなふうに、うっかり彼に触れてしまいそうになるときがよくある。脊髄反射で手が出かかってしまうのだが、怖がらせてはいけないとすぐにひっこめるのが常だった。

やわらかそうなサラサラの黒髪は、触れてみたら子猫のような感触がするだろうか、など と妙なことまで思っては無意識に眉を寄せてしまったりもする。

「あ……ごめんね、呼び止めて。出雲君、最近大変なんだよね？」

「ん？」

「副園長さんが言ってた。出雲君のこと、心配してたよ」

トニオには白雪を高校時代のクラスメイトだと紹介し、いろいろ便宜を図ってくれるように頼んであった。友だちといえば来栖しか連れてきたことのないアーロンに、他にも親しい人間がいたとは、とトニオはそれこそ泣かんばかりに喜んでいたが、客でもある白雪に園の内情まで話されては困る。

「いや、別にたいしたことはない。それに大変というほどのこともない。おまえは心配しなくていい」

気遣うように見てくる相手にめったに見せない微笑を向けるが、白雪の不安げな顔は変わらない。

「出雲君……あの、さ」

「ん？　なんだ」

もじもじと言いづらそうにしてから、白雪は思い切ったように顔を上げた。

「僕は君のこと、もう友だちだって思ってる」

きっぱり言われアーロンは目を見開く。

「僕はここに来て、観覧車に乗って、君にいろいろ話を聞いてもらってすごく救われたし、今も救われてるよ。だから君には感謝してるし、君に何かあったときは、今度は僕が力になりたいって思ってるんだ。友だちとして」

「白雪……」

しっかりとした意思を持った瞳を向けられ、アーロンは驚く。物静かで控えめで、どことなく気弱な彼に、こういう毅然《きぜん》としたところがあるとは意外だった。

「だから、もしも僕に何かできることがあったら……も、もちろんないとは思うけど……

でも、どんなことでもいいからさせてほしいんだ。話を聞かせてくれるだけでもいいし、どうすればいいか一緒に考えることくらいは、僕もしたい」

もっとも、出雲君はなんでもできるし強いから必要ないかな、と小さな声でつけ加え、申し訳なさそうにすくめるその肩に、思わず手を置いてしまった。優しさがぬくもりとなって伝わる。

「いや、ありがたい。そう言ってもらえると俺も心強いぞ」

本心だった。白雪はびっくりしたような顔でアーロンを見上げ、ふわっと嬉しそうに微笑んだ。彼から届いてくるほのかに甘い香りがアーロンの全身を包み、心地よさに思わず口もとがほころぶ。

「俺にはなんでも独断で決めて、それが最善だと疑わずに突っ走る傾向があってな。客観的な視点で相談相手になってくれる友人がいると正直助かる。頼りにさせてもらっていいか？」

もしかしたら、誰かにそんなふうに言われたことなどないのかもしれない。白雪はしばしポカンとしてから、パッと顔を輝かせ「喜んで！」と拳を握った。

不思議な感じがする。心から飛び出ていた角という角が取れて、丸くなったような感覚だ。つられて笑顔になってしまいそうになり、アーロンは意識して表情を引き締めた。

「まぁ、副園長が多少おおげさに話したのかもしれないが……要はこの園の経営のことだ。

見てのとおり、閑古鳥が鳴いている」

咳払《せきばら》いをして事情を説明し始める。白雪は神妙な顔で頷きながら聞いてくれる。その表情はアーロンの背筋も伸びてしまうほど真剣そのものだ。

「うんうん」「そうだね」と頷きつつ相槌《あいづち》を打ちながら、アーロンの今後の計画まで一通り聞き終えた白雪は声を弾ませた。

「出雲君、それ僕もすごくいい案だと思うよ」

気を遣って言っているわけではなさそうだ。いつも慎ましやかに伏せられている瞳がキラキラと輝いている。

「この町の子どもって、僕たちが最後の世代だった感じだよね。工場がなくなってからはほとんどの人が都会に越してしまったし、残っているのは大人ばかりで……。そのわりには大人が楽しめる施設っていうのが全然ないし、みんなそういう場所を求めてると思う」

白雪は拳を握り締めたまま力説する。

「毎年年末にあったお祭りもここ数年はなくなってしまったし、近所の人との交流も少なくなった感じがするよね。あ、ひきこもりの僕が言うのもあれなんだけど……」

今度はアーロンが頷きながら聞く番だ。

やはり白雪に話してみてよかった。アーロンやトニオや他の獣人たちは人間とほとんど交流がないので、正直なところ町の人間たちの考えというのがよくわかっていないのだ。

「僕のおじいちゃんとおばあちゃんもこの町にいるんだけど、ゆっくり散歩を楽しめる公園がある土地に引っ越したいねってよく言ってる。ほら、この町って工場の従業員のために急いで造成されたところだから、住環境としてはイマイチでしょう?」

「だな。となると結論としては、ある程度金をかけてもやってみる価値はあるってことか」

「あると思う」

白雪ははっきりと頷く。

「町の人に喜んでもらえると思うし、それ以上に……僕は、このドリームランドをなくしたくないんだ」

思いのほか強い口調で言った白雪を、アーロンは改めて見返す。

「僕だけじゃないと思うよ。ここの観覧車に乗って願いを叶えた人は、みんなそう思ってると思う。ここはたくさんの人の大切な思い出の場所になってるよ、きっと」

本当にそうであったらいい。そして、昔音楽会を見に来た獣人や人間たちにとっても、思い出すと笑みがこぼれるような優しい記憶の場所になっていてくれればいいと思う。きっと天国の両親も喜ぶに違いない。

とにかく、白雪の力強い後押しを得て俄然《がぜん》やる気が満ちてきた。

「白雪」

「うん？」

「おまえ、よかったら手伝ってくれないか？」

急な思いつきだった。白雪は「えっ？」と目を丸くする。

「今は毎日家にいるんだろう？　俺はこれからいろいろ忙しくなるから、音楽会の準備を手助けしてくれると助かる。もちろんバイト料は払う」

「そ、そんなの、いらないよっ」

きっぱりと断る白雪の顔は明らかに嬉しそうだ。

「たいして役に立たないかもしれないけど、手伝わせてくれる？　社会復帰の訓練をさせてもらうんだから、もちろんボランティアで」

「いや、そういうわけにはいかない」

「いくよっ」

「いやいや」

「いく」

延々と言い争いが続きそうになり、二人顔を見合わせて笑ってしまった。

「わかった。じゃ、たまに昼飯くらいはおごらせてくれ。よろしく頼む」

「こちらこそ！　よろしくお願いします」

握手をするのもなんとなく気恥ずかしく拳を突き出すと、白雪もアーロンの半分くらいの小さな拳をコツンとぶつけてきた。高校生のときは目も合わないように気遣い合ってきた者同士、初めて交わすぬくもりに心までほんのりと温まる。

「とりあえず……おまえ今日は暇なのか？」

「いつも暇だよ」

「野外劇場を見てみるか。まだあっちは行ったことがないだろう。まぁ、今は荒れ放題なんだが」

「うん、ぜひ」

弾んだ声で答える白雪が劇場の惨状を目にして怖気《おじけ》づかなければいいが、とアーロンは内心苦笑した。


白雪を連れて野外劇場に行くと、思いがけず先客がいた。ステージの上、客席に背を向けて立っているのはスーツ姿のすらりとした長身の男だ。獣人ではないので園の従業員ではない。

じっくりと検分するようにステージの端から端まで視線を巡らせている男から、覚えのある爽快な香りが届いてくる。

「白雪、ちょうどよかった。おまえに会わせたいヤツが来てるぞ」

「え……」

対人恐怖症気味の白雪は、不安げな瞳をスーツの男に向けている。その顔がすぐに驚きと喜びに変わるところを想像し、アーロンは秘かに笑みを浮かべた。

「おい、颯真！」

ステージに向かって呼びかけると、男が振り向き笑顔が弾《はじ》ける。

「アーロン！　来たぞ」

爽やかな印象の整った美貌は高校生の頃から比べると大人びて精悍《せいかん》になったが、少年ぽさの残る好奇心に満ちた瞳はそのままだ。来栖颯真はステージからひらりと飛び下りると、速足で近づいてきてアーロンに右手を差し出した。その手をアーロンはしっかりと握る。

「早速現場に来てくれるとは思わなかった。事務所に寄って呼び出してくれればよかったのに」

「まずは劇場をこの目で確認したかったんだよ、先入観なしでさ。これはまた、思った以上にやりがいがありそうだな」

来栖は荒れ果てた客席全体を見渡し肩をすくめて笑った。

野外劇場での音楽会の案を思いついたとき、アーロンがまず連絡を取ったのが今でも親しくしている友人の来栖だった。来栖は近隣の国立大学を中退してサークル活動でやっていたイベントプロジェクトの仕事で起業し、今は小さな会社を経営している。

会社を起こしたのは大学のある町だったが半年前に地元に事務所を移転し、故郷の町の活性化に取り組み始めたばかりだった。アーロンから持ちかけられた音楽会の相談はまさにタイムリーだったようで、二つ返事で協力を申し出てくれたのだ。

来栖とは高校卒業後もずっと友情が続いていた。彼にとって獣人の自分と交流を続けることにはなんのメリットもないだろうから、これが縁の切れ目だろうと卒業式の日に別れを告げたら本気で殴られそうになった。

——おまえにとって俺とのつき合いはそんなもんだったのか！

アーロンがふらつくくらい強い力で胸倉を掴み上げた来栖の、怒りに満ちた瞳が潤んでいるようにも見えて驚いた。

いつもほがらかに笑っている彼の本気の怒りを見たのは、後にも先にもそのときだけだ。怒った後には彼らしくあっさりと、冷たいこと言わずにこれからもよろしくな、と笑って肩を叩いてきてそれで仲直りとなったが、アーロンの胸にはそのときのことが今も自責の傷として残っている。だがそれはとても、温かく優しい傷だ。

人間と獣人は友情など結べないだろうと思っていたのだが、それは間違っていたようだ。アーロンの中にも来栖に対する確かな友情があった。

そしてそれは、今でも変わらない。

「年末の開催を目標にしたいんだが、やれるか？」

来栖には頭の中にある計画をすべて話してある。週内には最初の打ち合わせをしようと話してはいたのだが、待ち切れなくてもう来てくれたのは、彼もそれだけ乗り気になってくれていることの表れだろう。心強い。

「やれるかじゃなくて、やろうよ！　俺としてはこれくらいやりがいがあるほうが燃えるな。会場の整備はうちのスタッフ総出でがんばればなんとかなるさ」

昔からそうだったが、根っからのイベント好きの来栖の瞳は早くもやる気で輝いている。

「今日は下見だけのつもりで来たけど、せっかくだからちょっとこれからのこと打ち合わせしとく？　今は俺も時間あるから」

「その前に、会わせたいヤツがいるんだ。……ん？」

隣を見ると、白雪がいない。ぐるりと首を後ろに向けると、アーロンの広い背中に完全に隠れて身を縮めてしまっている。

「おまえ……何してるんだ？」

苦笑し、ガチガチになっている両肩を摑んで前に押し出した。

「え……あれ？　もしかして白雪君っ？」

高校時代とほとんど変わっていない白雪を見て、来栖が声を弾ませた。

「く、来栖君……お久しぶりです」

白雪は眩しそうに来栖を見上げ、かしこまって挨拶した。

「うわー、久しぶり！　もしかして町に戻ってきてたの？　卒業してからもどうしてるかなってたまに思い出してたんだよ。元気そうでよかった！」

「わっ」

興奮気味の来栖にいきなり両手を取られわたわたする白雪の顔は、まだ緊張で引きつっている。

「今どこにいるの？　実家？　何してるの？」

「おい颯真、いっぺんに聞きすぎだ。白雪が面食らってるぞ」

「あっ、ごめんごめん！　いやしかし驚いたなー。もしかして二人はしょっちゅう会ったりしてたの？　水臭いじゃないかアーロン、知らせてくれよ」

親友の想像以上の喜びように、アーロンも思わず頰がゆるんでしまう。

確かに来栖は高校のときから白雪を親身に気遣っていたが、何しろ社交的で友人の多い彼のことだ。印象の薄い白雪のことは、もしかしたら忘れてしまっているかもしれないと危惧していたのだ。

一方、白雪のほうは目を白黒させている。おそらく彼も、来栖のような交際範囲の広い男が自分を覚えていたことに驚いているのだろう。昔よりも線が太くなり大人の男としての魅力が増した来栖を瞬きながら見上げている。

「実は二ヶ月前に再会したんだ。白雪がたまに観覧車に乗りに来るので、顔を合わせたときは話をするようになった」

「観覧車に？　ああ、願い事が叶う青いゴンドラだね。俺も起業するときあれに乗ったおかげで、今いろいろと順調にいってるんだ。確実にご利益はあるよ」

人差し指を立て片目をつぶる来栖に、白雪は首を傾げる。

「起業？」

「うん。今この町でイベント企画会社をやってるんだ。それで、アーロンからここで開く予定の音楽会のことで相談を受けてまかりこしたというわけ」

「来栖君も社長さん、なんですか！　二人とも、すごいな……」

白雪はポカンとしながら、来栖とアーロンを交互に見上げる。同級生なのに片や社長、片や園長、それにひきかえ自分は、などと不要な引け目を感じているのかもしれない。

「何もすごくない。俺はただ親から引き継いだだけだし、こいつだって起業のときは親に結構金を出してもらってる。そうだったよな？」

「そうそう。趣味に毛の生えたようなものだし、スタッフ十人の小さな会社だよ」

アーロンの送ったアイコンタクトを受けて、来栖もすかさず白雪の肩を叩き笑いとばす。長いつき合いだ。白雪が今どういう状況にあるのか、アーロンの目配せ一つで察してくれたのだろう。

「ところで颯真、イベントの準備を白雪にも手伝ってもらえることになった。相談役としていろいろ意見も聞きたいと思ってる」

「それは百人力だね。強力な助っ人登場だ。俺とこいつの意見がかち合ってケンカになりそうになったときの仲裁役もぜひお願いしたい」

「そ、そんな……っ、相談役とか仲裁役とか、僕にそんな大役無理ですけど、下働きくらいならできるかなって」

一歩下がりそわそわと両手を振る白雪の肩に手をかけ、笑いながら来栖が引き戻す。

「無理じゃない無理じゃない。白雪君にならも俺たちも腹を割って相談しやすいし、頼りにしてるよ。ていうか、同級生なんだから敬語はなしでね」

至近距離でニコッと笑いかけられ、白雪は来栖に視線が釘《くぎ》づけになったままカチコチに固まる。緊張で真っ白だった頬がだんだんと薄桃色に染まっていく様子に、アーロンはふと既視感を覚えた。

高校の頃も、白雪は来栖をこんな眩しそうな眼差《まなざ》しで見ていた。本人もピアノを弾くのだから音楽は好きなのだろう。けれど、他の生徒の視線を恐れて教室に入れなかった彼がわざわざ軽音部の練習を見に来たのは、きっと来栖に誘われたからなのだ。

アーロンは恋愛をしたことがないし興味もない。第一恋愛しようにも、周りには恋愛対象となる獣人がいない。そのため色恋には人一倍無関心だったが、白雪のその表情を見ながら感じていた。恋心というのは、人を前向きにする力を持っているのではないかと。

あれから七年が経った。だが時間を飛び超えたかのように白雪は眩しげに、来栖は包みこむように、互いを見つめている。

もしも、もう一度二人を近づけることができたなら……。

(白雪の笑顔も増えるかもしれないな……)

名案であるはずなのに、なぜだろう、チクリと胸の奥が痛んだ。

「ん? アーロン、どうしたんだよ。何考えこんでる?」

「颯真、今、天啓のごとくひらめいたぞ」

「おいおい、この男はまた何をおおげさな」

「音楽会のことだ。演奏者を昔頼んでいた楽団に、と思っていたんだが、どうやら解散してしまって連絡が取れないらしい」

「なるほどな。じゃ、俺の伝手を当たってみるか?」

「いや、そのへんの予算は最低ラインで抑えたい。何しろ劇場の整備だけで結構な金がかかるからな。そこで、天からのひらめきだ」

キョトンとする二人を前に、アーロンはめったに見せない得意げな笑みを浮かべた。

＊

駅から続く町の中心街——といっても三分の一はシャッターの下りた店が並ぶ寂れた商店街のはずれに、古びた喫茶店がある。カフェと呼ぶにはあまりにもレトロな雰囲気のその店は、町で唯一本格派のコーヒーが飲める店だ。店内は広く各テーブルの間に余裕があり、こみ入った話もしやすいので、アーロンは高校時代から来栖に誘われてはその店に足を運んでいた。

高校卒業後も来栖が帰省するときは必ずその店に呼び出され、味わいのある本格コーヒーを飲みながら近況報告をし合うのが常だった。若い頃はエドナ国に遠征し屋台でコーヒーを売っていたという老マスターは、獣人であるアーロンに好奇の目を向けたりすることなく普通に接してくれるのでありがたい。

園の事務所で、というのも味気ないと思い、音楽会の打ち合わせはその喫茶店でしようと提案した。来栖はもちろん賛成してくれ、僕も？　とおろおろする白雪も引き入れて、三人が再会を果たした日から三日後の午後三時にそこに集まることにしたのだ。

平日の三時だとランチの客も引き、店も空く時間だ。ゆっくりと話ができるだろう。

——演奏は俺たち三人でやろう。

三日前野外劇場でそう提案したときの、鳩《はと》が豆鉄砲を食らったような二人の顔を思い出し、店に向かうアーロンはクスリと笑みを漏らした。

我ながらいい考えだと思った。軽音部時代のバンドはもうさすがに解散したが、来栖は気分転換に今もギターを弾いているという。アーロン自身のサックスは埃をかぶっているが、吹いてみれば勘を取り戻すはずだ。

それに何よりも、白雪のピアノだ。彼がまだピアノを弾いているのかどうか尋ねたことはなかったが、あの音楽室での演奏をもう一度聴きたいという強い想いがひらめきとなったのだった。

――いいね、悪くないよ！

思ったとおり、来栖はすぐに賛成してくれた。目立つのもお祭りも大好きな男だ。乗ってくるとは思っていた。

――といっても、俺も今じゃ趣味でちょっと弾くくらいだから人に聴かせられる腕はないよ？

――問題ない。選曲は全年齢対象のポピュラーな曲を何曲かやるだけのつもりだし、メインは演奏を聴かせることじゃない。楽しんでもらうことだからな。それに何より入場無料の会だ。多少腕が悪くても許されるだろう。

――そう言うおまえは、サックスずっと続けてたのか？

――いやまったく。まぁでも、まだ指は動くと思うぞ。

――高校のときはどんなに頼んでもバンドに入ってくれなかったのに。やっとおまえと同じステージに立てる日が来るってわけだな。感無量だよ。

――気が早いな颯真は。ところで……。

二人して同時に白雪に目を向けた。白雪はキョトンとした顔のまま、完全に固まっていた。今目の前で交わされている会話の中に、当事者として自分が頭数に入っていることがわかっていないようだった。

――白雪は、確かピアノが弾けるんじゃなかったか？

さりげなく聞くと、まん丸になった目がアーロンに向けられた。いつも慎ましやかに伏せられているので気づかなかったがこうしてみると本当に目が大きいな、などとどうでもいいことにドキリとする。

――ピ、ピアノは、たまに触ってる、けど……。

――それじゃなんとかいけるだろう。簡単な曲ばかりにするから心配するな。

――ブランクがあっても全然ＯＫだよ。かく言う俺もアーロンも腕は初心者レベルに落ちてるし。気楽に楽しんでこうよ！

ポカンとしていたその表情が、現実を飲みこんでくるにつれだんだんと変わってきた。真っ青になった顔を引きつらせ、まさかね、といった声で白雪が確認する。

――あの、もしかして、僕もあのステージで、ピアノを弾くっていうこと……？

あのステージ、と雑草の生えたステージを差す指は震えている。

――まさしく。

——そういうことで。

——む、無理ですっ！

いつもの彼のためらいがちなしゃべりと違ったかぶせるような即答に、アーロンも颯真も同時に体をのけぞらせた。

——無理無理っ！　そんなの絶対無理だよっ！　ひ、弾いてるって言っても本当に、たまに触ってるくらいだし、そ、それに、ステージに上がるなんて、僕にはそんな……っ。

——お、落ち着け、白雪。

なだめようと両手を上げるが、じりじりと後ずさる白雪の耳には届かない。

——人前で弾くなんて、小学生のときの発表会以来だし……そのときだって、ぼ、僕、途中で、指が動かなくなって逃げ出しちゃったんだっ！　し、しかも、ドリームランドの運命がかかってるような、そんな、晴れ舞台で……絶対無理だからっ。

半泣き状態で訴えるその迫力に負けて、アーロンと来栖はそれ以上何も言えなくなってしまった。

結局無理強いはしないからと安心させ、三日後の今日また打ち合わせをしようと言って別れたのだが……。

（どうしたものかな……）

ゆっくりとした足取りで喫茶店に向かいながら、アーロンは考える。

白雪がまだピアノを弾いていたと知って嬉しかった。そもそもは白雪と来栖の距離を近づけようと考えついた案だったが、白雪のピアノがまた聴けるなら願ったり叶ったりだ。そして、もちろんそれだけではない。白雪にとっても、閉じこもっている殻を破れるいい機会になるかもしれないと思ったのだ。

彼一人だけではない。ステージ上には自分と来栖も立つ。いくらだってフォローできるし、途中で弾けなくなったとしてもなんとかしてやれるだろう。

だがステージに上がって注目を浴びるというのは、アーロンが想像する以上に白雪にとっては高いハードルなのに違いない。いつも小さな声でおっとりしゃべる彼が、あれだけ嫌がったのだから。

下手をすると今日の打ち合わせもドタキャンされるかもしれない。最悪、イベントの手伝いは辞退すると言ってくる可能性もある。

アーロンは眉間に皺を寄せつつやや足を速めた。時計を見る。すでに午後三時を過ぎている。

最初から、約束の時間には遅れて行くつもりだった。白雪と来栖を二人きりにするためだ。威圧感があり人目を引く自分がいないほうが白雪もリラックスできるだろうし、来栖は人の緊張を解かせるのが抜群にうまい。それに何より、白雪は来栖に好意を持っている。

来栖を見上げる白雪の眩しそうな瞳、微かに染まった頬が脳裏によみがえった。来栖との再会は白雪にとって予想外に嬉しいことだっただろうと思うと、アーロンの胸は温かいもので満たされる。だがその裏で、ほんのわずかに疼くような痛みも感じてしまうのはなぜだろう。その奇妙な痛みの正体がわからず、正直三日前から困惑しているところだったが、まだ答えは出ていない。

見えてきた喫茶店の正面を避けるように回りこみ、アーロンは裏の路地へと向かった。そこは店の側面に当たり、壁一枚向こうはテーブル席だ。いつも来栖と座る席があるだろうあたりの壁に背をもたせ、アーロンは耳を澄ませる。

普通の人間の三倍の聴力を持つアーロンの耳は、壁を通した向こう側の会話も聞き取れる。盗み聞きするようで気は進まなかったが、来栖一人で説得が難しいようだったらタイミングを見て自分も入り加勢しようと思っていた。

壁の向こうから微かに聞こえてくるのは来栖の声だ。そして、それに応える白雪の細い声も届いてきた。とりあえず来てはくれたらしいとアーロンは胸を撫《な》で下ろす。

『この間はごめんなさい』

白雪が謝っている。

『僕、何か見苦しく興奮しちゃって。来栖君も出雲君もびっくりしましたよね』

しょんぼりとうなだれる白雪の姿が見えるようだ。

『いやいや全然。というかその前に、敬語はなしね。いい？』

『あ、う、うん』

　来栖が笑う気配。空気がゆるむのが壁を通して伝わる。

『全然、でもないのかな。ホントはちょっとびっくりしたよ。白雪君がああいうふうにはっきりものを言うところ初めて見たからさ。でもむしろ、嬉しかったな』

『え……？』

『俺たちに気を遣って無理してOKしたりしないで、思ってることちゃんと言ってくれたから。それって君にとって俺たちって、我慢せずに言いたいこと言える相手ってことだろ？』

『そ、それは……』

うん、と小さな声が聞こえ、アーロンの胸も温まる。これまでの白雪には、おそらくそんな相手はいなかっただろうから。

『で、今は落ち着いた？』

『う、うん。それであの、本気……なの？』

『音楽会のこと？　もちろん。俺とアーロンはまだ諦めてないよ。もしも白雪君に不安要素があるなら、三人で一つずつ解決していこうよ。ね？』

来栖に任せてやはり正解だった。強面で話し方がぶっきらぼうな自分よりも、話術が巧みで穏やかな彼のほうが白雪の本心を聞き出せるだろう。

『来栖君……あのね、あれから僕も冷静になって考えてみたんだ』

『お、考えてくれたんだ。それで？』

『ピアノを弾くのは好きだから、それは嬉しいんだ。来栖君や出雲君と演奏できるなんて、本当に夢みたいだし。だけど……やっぱり無理だと思う』

三日前ほど強い口調ではないが、そう言った声にためらいはない。きっと白雪は今顔を上げ、まっすぐ来栖を見ているのだろう。

『そうなの？　どうして？』

『大勢の人に見られながら演奏って、僕には難しいと思うんだ。想像しただけで怖くて……。もちろんお客さんの目は僕なんかより来栖君たちに行くだろうけど、それでもやっぱり……まったく見られないっていうわけにはいかないよね？』

声はだんだん力を失い、申し訳なさそうに俯く姿が想像できる。

無理もない。ステージに上がって演奏するのは普通の人間でも緊張する場面だ。他人の視線を怖がっている白雪にとっては、かなりの精神的な負担になるだろう。

（やはり説得は難しいか……）

これ以上押して困らせるのも可哀想《かわいそう》な気もしてきたところで、来栖の声が届いた。

『よくわかるよ。俺だって怖い。白雪君と同じだよ』

寄りかかっている壁のほうを思わず振り返ってしまった。ステージ大好きの目立ちたがり屋人間がよく言う。

『俺たちだけじゃなく、アーロンだって同じだ。あんな図太そうな顔してるけど、人前で演奏したことなんてないんだから。内心じゃ相当びびってるに違いないよ』

勝手に言いたい放題言ってくれるな、と苦笑しつつアーロンは頷いていた。白雪のように繊細な人間にとってもっとも必要なのは共感だと、来栖はよく知っているのだ。

『ほ、本当に？』

『ホントホント。でもさ、そこは三人一緒ならまぁ、どうにかなるだろうって思うんだよね。それに俺、白雪君のピアノがもう一度聴きたいんだ』

『え……』

戸惑ったような声が届く。

『小学生の頃すごくうまかったし、高校のときも旧校舎の音楽室でたまに弾いてただろ』

『し、知ってたのっ？』

白雪の声は相当あわてている。どんな顔をしているのか見たいと思った。

旧校舎の音楽室で彼がピアノを弾いていたことを、もちろん来栖は知らない。アーロンが来栖に話し、自分ではなく来栖が聴いていたことにして、それを伝えるように頼んだのだ。

好意を持っている来栖が秘かに見守り、自分のピアノに聴き入ってくれていたと聞けば、白雪はきっと喜ぶだろう。軽音部のスターだった来栖の感想のほうが信頼もおけるし、おそらく白雪にとっては自信につながるはずだ。

『うん、実はこっそり聴きに行ってたんだよね。君はいつも生き生きとピアノを弾いてて、とても楽しそうだった。それに弾いてた曲もよかったよ。あれってオリジナル？』

白雪がふわふわした声で何か言ったが、よく聞こえない。

『いや、お世辞じゃなくてすごいよかったって。なんていうか、とげとげしてた心が癒される感じっていうのかな。メロディラインも優しくて綺麗な調べだった』

感想を語るのが得意ではないアーロンが切れ切れに伝えた言葉を、来栖は適切な表現に換えて届けてくれる。さしずめアーロンだったら『なかなかよかったぞ』で終わっていたところだ。

椅子をカタカタと揺らす落ち着かなげな音がピタリと止まり、『ありがとう』と白雪の微かな声が届いた。少しだけ恥じらい、少しだけ笑っているようなその声に、今の彼の顔を見てみたいともう一度強く思った。

目を閉じると今でもすぐに、ピアノを弾いていた白雪の横顔がよみがえってくる。微笑みを浮かべピアノに語りかけているかのように鍵盤に指を滑らせるその姿は、優しいメロディとともに当時のアーロンにとっては心の癒しだった。

ただ、こっそりと陰から見つめ、聴いていたのがアーロンだったというよりも、来栖だったというほうが白雪にとってはずっと嬉しいだろうことは容易に想像がつく。

きっと今白雪は、これまでで一番素直に嬉しいという顔をしているだろう。誰か近しい人間が『嬉しい』と思うことで、自分も嬉しくなるのだとアーロンは初めて知る。それはとても不思議な感覚だった。

『あんなに人の心を揺さぶる曲を弾ける白雪君の演奏、やっぱり埋もれさせるのは惜しいってアーロンとも話してたんだ。……というか、あいつ遅いな』

時計を見る。気づけばもう十五分過ぎている。そろそろ頃合いだ。

表に回り店の扉を開けると、一番奥の席から来栖が手を上げてきた。何食わぬ顔で近づき、「すまん、遅れた」と来栖の隣にかける。「こんにちは」と会釈してきた白雪は喜びの余韻を残し、口もとはほころび頬も少し染まっていた。

「おまえが遅刻なんて珍しいな」

「出掛けに副園長にちょっと捕まってな。それで、何を話してた？」

実は壁一枚向こうで全部聞いていたのだが、しらばくれて尋ねる。

「ああ、白雪君のピアノの話。高校のときのさ」

来栖が目配せしてきて、アーロンも深く頷いた。

「聞いたぞ。結構いい腕だそうだな。颯真が大絶賛していた」

「そ、そんな……趣味でちょっと弾いてただけなんだよ」

「謙遜するな。こいつの耳は確かだ。それで……どうだ？　あれから少し考えてみてくれたか？」

「あ……うん……」

さっきは『無理だと思う』とはっきり言っていたが、今白雪は迷っている。心が揺れているようだ。

「言ってたんだよ、緊張するのは俺たちも同じだって。そうだろ？」

「ああ、もちろんだ。俺だって緊張する」

それは嘘で、アーロンは多分これっぽっちも緊張しないだろう。ただ、白雪の怖さを理解してやりたかった。無責任に『大丈夫だ』と繰り返すのではなく、共感してその緊張を少しでも引き受けてやりたい。そう思った。

「白雪は何が怖い？　大勢の人に見られることか？」

「う、うん……情けないんだけど、注目されてると思うだけで体が硬直して……ましてやステージ、だよね？」

リアルに想像したのかもしれない。白雪は細い肩をブルッと震わせる。

「情けなくはないぞ、全然。今ほとんど家から出られない状態のおまえが、ステージに上がるのが怖いのは当然のことだ。だから、怖いままでいい」

えっ、と白雪の目が見開かれる。来栖もアーロンが何を言おうとしているのかと、興味津々の視線を向けてくる。

「怖くて途中で指が動かなくなっても、演奏がめちゃくちゃになっても構うことはない。客のことなんか気にするな。どうせ素人《しろうと》のにわかバンドだ。誰もたいして期待しちゃいない」

「えっ、えっ、でもっ、せっかくの晴れのイベントを、僕がぶち壊しにするなんてそんな……っ」

「ぶち壊しになんかなるわけないだろう。おまえ、誰と一緒に演奏すると思ってる？　この俺たちだぞ」

アーロンが当然のように言うと、隣の来栖が弾かれたように笑った。

「言ってくれるじゃないか、アーロン。そうそう。白雪君の落ちは俺とこいつがフォローするよ。だから大船に乗ったつもりで任せて」

ブランクのありすぎる二人なので実際は大船どころか泥船なのだが、今は白雪を安心させてやることが先決だ。

「どんなことになっても、颯真と俺が助けてやる。途中で弾けなくなったら、おまえはその場で手拍子でも打ってればいい」

「タンバリンとマラカスも用意しておこうか」

アーロンと来栖を交互に見ながら、白雪はポカンと口を開けている。さっきまでの不安の色はもう見えない。

「晴れのイベントとか、そんなことは一切考えなくていい。客の反応も気にしなくていい。おまえはただ楽しめばいいだけだ」

「楽しむ……？」

「そうだ。俺は、この企画は結構面白そうだと思ってる。颯真と白雪と俺、個性が見事にバラバラだ。合わせるとどんな音楽になるのか想像もつかない」

「ぶっちゃけて言うと、三人とも我が道をゆくで協調性は皆無だよね。もしや、唯一の共通点？」

それが長所でもあるかのように颯真が笑う。

「どうなるか気になる。楽しそうじゃないか。白雪はどうだ？」

頭の中でもう一度想像してみたのかもしれない。薄桃色の唇が少しだけほころんだ。

「うん……気になる。楽しそう」

「そうだろう。だからこの音楽会は俺たちのためにやるんだ。再会の祝いとしてな。客は関係ない。俺たちが楽しむのが最優先だ」

「そうそう。だとすると、白雪君が抜けるんじゃ意味ないよな、アーロン？　三人一緒じゃなきゃ、この企画はボツだよなぁ？」

来栖がさも残念そうな顔を作ると、「えっ、ま、待って、それはちょっととっ！」と白雪が大あわてで手を上げた。

「駄目だよ、僕は来栖君と出雲君が一緒に演奏してるところが見たいし……きっと、すごいかっこいいから、みんなに見せたいしっ……あっ、じゃなくて、と、とにかく、ボツなんて駄目……っ」

しゃべればしゃべるほどあわあわしだす白雪に、来栖は体を折って笑いアーロンも頬をゆるめる。

「よし、じゃ、結論だ。おまえもやるな？」

「えっと……う、うん。やる。やってみます」

決死の覚悟といった顔だが、白雪ははっきりと頷いた。

「今からそんなに硬くなるな。肩の力を抜け。大丈夫だ、颯真と俺がいる。おまえは一人じゃない」

そう、今の白雪は独りではない。手を差し伸べてやれる友だちがすぐそばにいる。彼の隣に立ってくれる味方がいる。だからもう、他人の目を恐れる必要はないのだ。

そんな想いまで伝わるように、アーロンは白雪を見つめる。まっすぐな視線を受けても白雪はもう目をそらさず、面映《おもは》ゆそうな顔で瞬きながらアーロンを見返していた。

サックスを手にするのは久しぶりだ。特に父が死んでからは日々忙《せわ》しなく、音楽を嗜《たしな》む時間もなくなっていた。

しばらく触れていなかった愛器をケースから取り出し、アーロンはステージの中央に立ってみる。

そろそろ日付の変わる時刻で、明かりといえば上空の半月が落とす冴《さ》え冴《ざ》えとした光だけだ。荒れ果てたステージも、台風でも通り過ぎた後のような客席も、青白い月の光に包まれているとどこか幻想的に見える。

離れていた時間が長かったにもかかわらずしっくりと手に馴染むサックスを持ち、アーロンは微笑んだ。

今日、喫茶店での打ち合わせで白雪はピアノ担当として音楽会に参加してくれることに同意した。まっすぐな瞳で『やってみる』と言ってくれた。

半年後にはここで、来栖と、白雪と演奏する。大勢の人を呼び、祭りのようににぎやかな交流イベントを開く。

自分がそんな計画をしているのを見ながら、空の上の両親はどんな顔をしているだろう。

(不思議なものだな……)

獣人と人間がわかり合うことなんてできないと、冷めた目で父に反論したこともある。

ドリームランドとともに両親の願いを継ぎながら、心のどこかで実現は無理だとも思っていた。

そんな自分が人間の友だちとともに音楽を奏で、大勢の人に届けようとしている。無謀かもしれないその計画に胸を躍らせている。

本当に人生、何が起きるかわからない。

(あいつ……笑っていたな)

三人での演奏が楽しそうだと言ったとき、白雪の唇は確かに微笑んでいた。彼が何かを『楽しそう』と思ったのは、もしかしたら相当久しぶりだったのではないか。

そしてそれは、自分も同じだ。

アーロンはサックスを構える。頭の中に音楽が流れ出す。あの音楽室で白雪が弾いていた曲だ。驚くほど指が滑らかに動き出し、愛器が美しい調べを奏でる。背中に白い翼が生えて、夜空に飛んでいけそうなくらい伸びやかな感覚に身を任せる。

かつての白雪の横顔が浮かぶ。安らかで楽しそうな顔が、今の彼のはにかんだ俯きがちな顔と重なる。

(もっと、笑えるようになれ……。もっともっと、笑ってくれ……)

たとえ自分に向けられるものでなくてもいい。彼の好きなもののためでいい。彼の好きな誰かのためでいい。

白雪が笑う。それをどこかで見ていられれば、きっとアーロンも笑顔になれる。大切なものを守り抜いたような、そんな満足感を得られる気がするのだ。

誰もいない客席にアーロンは想いをこめて音を届かせる。白雪の奏でたピアノとはまた違ったどこか哀切な調べが、深夜の澄んだ空気を優しく震わせた。

＊

やると決めたら即行動がモットーの園長の迅速かつ的確な指示の下、ドリームランドはリニューアルに向けて着々と動き出していた。

立体迷路の森林公園のほうは副園長が中心となって、散策路の整備や休憩所の設置、花木の管理など、業者と交渉しつつ進めていた。野外劇場と客席は来栖の会社のスタッフが中心となり、協力者を集めて復旧に当たってくれた。

ありがたかったのは、全国各地に散らばる獣人仲間がはるばる応援に来てくれたことだ。どうやら獣人が経営する遊園地として、ドリームランドはそこそこ名が知られていたようだ。それに加えて、観覧車に乗ったら願いが叶ったという人たちが、ボランティアで手伝いを申し出てくれたのにも驚いた。

そういった人たちの多くは、揃って『前園長さん』のことを口にした。『前の園長さんによくしてもらった』『とてもいい人だった』とその死を悼む言葉をかけられるたびに、アーロンは今さらながら父の偉大さを知らされた。ニコニコと笑っているだけで頼りなく感じていた穏和な父だったが、彼自身の存在感と行動で人と人とをつなぎ自分の夢を叶えようとしていたのだった。

父が蒔《ま》いた種は、息子である自分が花を咲かせ実を結ばせなくてはならない。心のどこかで非現実的な夢物語だと思っていた両親の悲願。もしかしたら、いつか叶う日がくるのかもしれない。

最近のアーロンはそう思い始めていた。そして新しく生まれ変わるこの園が、その実現に向けての端緒になればいいと願うようにもなっていた。

そう思えるようになったのも、二人の人間の友人のおかげだ。とはいえ……。

「おいアーロン！　変なアレンジをかけるなよ！　リズムがずれるだろ」

「おまえこそ、目立とうと音をがなり立てるな！　俺はおまえたちより耳がいいから頭にガンガンくるんだよ」

リニューアル作業の中で一番遅れているのが音楽会の準備だった。これはアーロンにとって最大の誤算だった。

ブランクがあるとはいえサックス演奏には自信があった。来栖もギターに関しては同じだっただろう。白雪もずっとピアノに触れていたというし、リハーサル程度に何度か合わせればいけるだろうと高をくくっていた。

選曲は三人で頭を突き合わせながら、子どもから大人まで楽しめるような明るい童謡やポップスを選んだ。楽譜が簡単に手に入るメジャーな曲ばかりで、控えめにいっても楽勝だと思っていたのだが……。

「颯真、この音楽会はおまえのリサイタルじゃないんだぞ。ソロを延々と聴かせようとするな。間奏が長い。邪魔だ」

「はぁ？　目立とうとしてるのはおまえだろ、おまえ！　俺のギターよりおまえのサックスの音のほうが絶対響いてるだろっ」

練習のたびにステージ上ではアーロンと来栖の言い合いが繰り広げられ、客席の整備作業に当たってくれているスタッフや作業員たちが笑いを噛み殺す。

「ちょ、ちょっとあの、二人とも、落ち着いて。ね？」

仲裁に入る白雪には笑っていられる余裕はないようだ。何しろ全十曲のうち、まだ三曲しか聴かせられるレベルになっていないのだから。

「海音も言ってやってくれよ。こいつのサックス、自己陶酔しすぎだって」

「なんだと？　このスター気取りめ。白雪、遠慮なく言ってやれ。ギターがうるさすぎるってな」

「あー、あのー、えーっと……っ」

両側から詰め寄られ両手を上げた降参ポーズでたじたじとなりつつ、仲裁担当は決意顔で拳をぎゅっと握った。

「ふ、二人とも本当にすごいって思うよ。技術的には完璧に上手だし、情感があって聴かせるし、素晴らしいって思う。颯真君のギターも、出雲君のサックスも、ソロコンサートでたっぷり聴きたいくらい」

お世辞ではなく本心なのだろう。力説には熱がこもっている。

「だけど、あのさ、今回の音楽会はお客さんが主役、でしょう？　僕たちは黒子、みたいなものじゃない？　なのであの、お客さんが一緒に歌いやすいように、でも踊りたくなるほどには乗って、っていうのが、ちょうどいいんじゃないかと思うんだけど」

ヒートアップしていた二人も、白雪のほんわかとした口調での的確な説得にごもっともと頷かされてしまう。蓋を開ければ、音楽会に及び腰だった白雪が一番冷静かつ前向きにいろいろと考えていて、アーロンと来栖は気まずげに目を見交わしてしまった。

それにしても観客の視線が怖いと言っていた白雪が、三人の中で一番客のことを思っているのには驚かされるとともに嬉しくなる。

「白雪の言うとおりだな。まぁ俺も少し、演奏に熱が入りすぎてた。反省する」

「右に同じ。そうだったよ、主役はお客さんだった。おい、アーロン」

苦笑で突き出される友人の拳に自分の拳をぶつけて仲直りする。それを白雪はほわっとした笑顔で見守っている。

アーロンと来栖だけだったら言いたいことをぶつけ合いすぎて、収まりがつかなかったかもしれない。白雪の存在が二人の間のいい緩衝材になってくれている。やや強引にでも彼を引き入れて本当によかった。

「少し休憩にしよう。飲み物を取ってくる」

楽器を置き身を翻すアーロンを「それなら僕が……」と白雪が引き止めようとする。大丈夫だと手を上げた。

「おまえたちは休んでてくれ」

そのままステージを飛び下り、壊滅状態だったベンチがすでに半分ほど片づけられた客席を横切っていく。スタッフたちもちょうど休憩に入ったようで、今は誰もいない。

チラリとステージを振り返ると、休憩用の椅子に座って向かい合い、来栖と白雪が笑顔で何か話しているのが見えた。

二ヶ月前、再会したばかりの頃は来栖に対して少々身構えていた感じの白雪も、今はすっかり打ち解けている。来栖は『海音』、白雪は『颯真君』と互いを名前で呼び合うようになっているし、二人の距離は日々縮まっている感じだ。

そして最近は、来栖の白雪を見る目が以前よりさらに優しくなったように見える。その眼差しは、彼が高校のときにつき合っていた女の子たちに対するものともどこか違う。より特別な色を帯びている気がアーロンにはするのだ。

再会してからの二人をずっと見てきたが、白雪の恋人として相応しい人間はやはり来栖以外にいないような気がしていた。恋愛の対象が同性というだけで何かと苦しんできた白雪が、十代の頃から想いを寄せていた相手と結ばれるのは、それ以上望むべくもないベストな展開だ。想いが実ったそのときは彼の最高の笑顔が見られるだろう。

ひまわりのような笑顔の白雪をうまく想像できなかったが、いつか見られるかもしれないという希望を持てるだけで、いつもは平坦《へいたん》なアーロンの気持ちも浮き立った。同時に、仲のよさそうな二人を見るときにいつも感じてしまうほんの微かな胸のざわめきを、気づかなかったふりで無理矢理流す。

事務所でカップのコーヒーをいれてステージに戻っていく。話が盛り上がっていたらしい二人が同時にアーロンのほうを向いた。

「アーロン、今海音と話してたんだ」

ありがとうとコーヒーを取り、口をつけるより早く来栖が身を乗り出す。

「やっぱり俺たち三人だけだと足りないものがあるんじゃないかって。何しろ今回の音楽会の趣旨は、老若男女みんなで楽しめる会だろ?」

「足りないものか……」

アーロンも顎に手を当て考えこむ。それは確かにアーロン自身も感じていたことだった。自分たちの演奏がいくらいいものに仕上がっても、それに客が乗ってくれるかというと正直自信がない。

「やっぱりお客を乗せる役っていうのが必要だと思うんだよな。こう、はい皆さんもご一緒に～的なさ」

「よし、俺がやろう。一応園長だしな」

「いやいや！　それは本気でやめろ、やめてくれっ」

「そ、それは駄目、やめたほうがいいと思うっ」

若干引きつった顔の二人にそれむしろ逆効果とばかりに即行で反対され、アーロンはやや憮然《ぶぜん》としてしまう。

「じゃ、どうする？　何か案があるか？」

はい、と言いながら白雪が小さく手を上げる。最初の頃はアーロンと来栖が意見を言い合うのを隣でおとなしく聞いていただけだったが、最近は控えめながら自分の意見も言うようになった。いい傾向だ。

「僕たちの中で適役なのは颯真君だけど、演奏もしながらだから難しいと思うんだ。それに若い男三人だとちょっとやわらかさがないというか……特に子どもたちには歌のお姉さんみたいな人がいたほうが、馴染んでくれそうな気がするんだよね」

「なるほど……女性メンバーか。颯真、当てがあるか？」

「う～ん、ないこともないんだけど、年末だろ？　伝手がある団体はもうどこも予約が入ってるだろうなぁ。出演料によっては交渉できるかもだけど……」

森林公園の整備に使ってしまったため、もう予算はほとんど残っていない。どうしたものかと三人が難しい顔になったときだった。

「アーロン・キングズリー！」

凛《りん》とした女性の声が野外劇場全体に響き渡り、三人は一斉に声のしたほうを振り向いた。

ぴしっと背筋を伸ばし颯爽《さっそう》と客席を横切って近づいてくるのは、ホワイトタイガーの獣人女性だ。小さな頭にすらりとしたスタイルは抜群で、エドナ国の民族衣装である丈の長いドレスがとてもよく映えている。上がり気味の大きな目が印象的な顔立ちも愛らしい。

そして彼女の後ろに従うのは一見してエドナ国王家の家臣とわかる者たちだ。高齢の小柄なヤギ獣人に兵士の制服を身に着けた屈強な四人のオオカミ獣人の部下がつき従っている。

「ここ二ヶ月まったく連絡がないってどういうこと？　待ちかねて来ちゃったわよ！」

獣人女性はずんずん進んでくると腕組みをして胸をそらす。ステージの下にいるのに睥《へい》睨《げい》するような態度だ。これは結構怒っているな、とアーロンは秘かに溜め息をついた。

ルシア・キングズリーはアーロンの従妹《いとこ》で現エドナ国王の一人娘――獣人国の王女だ。

アーロンが両親と国を出るまでは兄妹のように育った幼馴染みだった。

アーロン一家がニホン国に落ち着いてからも、ルシアはこっそり城を抜け出してはアーロンのところに顔を出していた。

——心配だから見に来てあげてるんじゃない。

来るたびそんなふうに言っては、一緒にあっちの国に帰りましょうと腕を引く。兄離れできていないじゃじゃ馬な妹のような存在だ。

「ちょっと何？　今溜め息聞こえたんだけど」

「ルシア、何度言ったらわかるんだ。俺の苗字は出雲だ。親父だってこっちじゃ出雲を名乗ってた」

「だからってキングズリー家の血が兄様の体から抜けるわけじゃないでしょ？　兄様はれっきとした王家の直系の血筋なんだから」

自分のことでもあるかのように誇らしげに胸を張るルシアの口をふさぎたくなる。

「アーロン殿下。ようやくご尊顔を拝し奉ることが叶いまして恐悦至極に存じます」

追い打ちをかけるように背後の白髪の家臣——王付きの家老のイゴールが頭を垂れ、獣人兵士たちも皆一斉にそれにならう。ひざまずかれないだけまだましだ。

「イゴール……元気そうだな」

口うるさく厳格なこの家老のことが、城にいるときからアーロンはやや苦手だった。

「ご覧のとおりの老齢とあいなりましたが、陛下のお慈悲のもと変わらず政務を務めさせていただいております。それにいたしましても、トニオよりご様子は聞いておりましたが殿下はなんとご立派になられて。勇ましき賢王であらせられた前国王陛下の若かりし頃のお姿に瓜二《うりふた》つでいらっしゃいますな」

母を虐げ父を勘当した祖父に似てきたと言われてもあまり嬉しくない。思い切り顔をしかめるアーロンを、目もとを拭いながら感慨深げにつぶやく家老は見ていない。

それにしても面倒なことになった、とアーロンは喉の奥で小さく呻《うめ》く。たまたまスタッフたちが休憩中で、大勢のさらしものにならなかったのが救いだが……背後からの視線が痛い。

「ねぇ、そちらのお二人は兄様のお友だち？　紹介してよ」

ルシアに促され、仕方なく振り向いた。予想はしていたが、白雪も来栖も唖然としている。目も口もポッカリ開けて、目の前で起こっている事態を把握しかねている。

自分がエドナ国王家の直系であることを、別に隠していたわけではない。言う必要を感じていなかっただけだ。すべてを捨てて両親がこの国に渡ってきたときに、アーロンもエドナ国とは縁を切ったつもりだった。だからあえて話さなかったのだが、秘密にしていたのかと言われると言い訳のしようがない。

むすっとしているアーロンに痺《しび》れを切らしたのか、ルシアが一歩前に出る。人が変わったようなよそ向きの愛想のいい笑顔で。

「はじめまして！　私はルシア・キングズリー。エドナ国の王女でアーロンの許嫁《いいなずけ》よ」

「許嫁っ！」

二人の声が綺麗に揃った。

「なっ……ルシア！　何を馬鹿なことを言っている！　おい、冗談だからな」

「何が冗談よ。前国王陛下はそれを望んでらしたじゃない。大人になったら妻としてアーロンを支えなさいって、私昔からお祖父様《じい》に言われてたもの」

「それは子どもの頃のことだろう。今は状況もすっかり変わってる。その約束はとっくの大昔に無効だ」

「ちょっと～、何よその迷惑顔！　ひどくない？　ねぇ？」

姫君にしてはかなりのおてんばでプライドは高いが気さくな王女は、あろうことかポカンとしたままの友人たちに同意を求める。

「ア、アーロン、おまえって、ただ者じゃないとは思ってたけど……すごいヤツだったんだな……。あ、俺は来栖颯真。アーロンの高校のときからの友人です。よろしく」

なんとか落ち着きを取り戻した来栖の挨拶に、

「お、同じく、白雪海音、です……」

と、白雪もまだ呆然《ぼうぜん》とした声で続ける。

「颯真と海音ね。アーロンがいつもお世話になってます」

「殿下にこのようなニホン国人のご学友がおられるとは……驚くべきことでございますな。

こちらの国によく馴染んでおられますようで」

　どことなく皮肉のこめられた口調で友人たちをじろりと見たのはイゴールだ。

「イゴール、わざわざ来てくれたのに悪いが昔語りをしている暇はない。用がないならルシアを連れて帰ってくれ」

　これ以上友人たちに余計な話を聞かせたくなくてアーロンは追い立てるように告げるが、お家第一の忠実な老臣は引き下がらない。

「そうはまいりませんぞ、アーロン殿下。このイゴール、殿下にご帰国をご承諾いただくまではおめおめと帰れません。陛下にもくれぐれもと申しつけられて参りましたので」

「帰国っ？　アーロン、おまえエドナ国に帰るのか？」

　声を上げたのは来栖だ。

「そんなわけがないだろう。俺はもうこの国の人間だし、ここに骨を埋めるつもりだぞ」

「そういうわけにはいかないったら。兄様だって知ってるでしょ？　パパ……陛下が国王としてはちょっと頼りないってこと」

「ルシア様」

　顔をしかめるイゴールをまったく相手にせず、ルシアは自分の父である王への辛口批評を続ける。

「亡くなられたお祖父様や伯父《おじ》様みたいに、生まれついての王の器じゃないのよね。アーロン、あなた今でもこっそり陛下の相談に乗ってあげてるんでしょ？　知ってるんだから」

アーロンの眉間の皺がさらに深くなる。

確かに叔父は気が小さく優柔不断なところがあり、前王と比べると頼りなさが際立っている。

一方のアーロンは、これからニホン国で生きていくとはいえエドナ国のこともよく知っておくようにと、父から様々なことを教えられてきた。アーロンのほうが外にいる分だけ客観的にエドナ国の情勢を見られるため、一度ルシアを介して叔父に助言をしたら、以後秘かに書面で意見を求めてくるようになったのだ。

「陛下は兄様に戻ってきて、自分を補佐してほしいって言ってるの。もうお祖父様も亡くなったんだし問題ないでしょ？　大体伯父様があなたを連れて出ていかなければ、今頃はあなたが王になってたんだから」

「アーロン殿下にお戻りいただきたいというのは、陛下のみならず我らの総意でございます。王子として国におられた幼き頃より誰よりも賢くたくましく凛々《りり》しくあらせられた殿下のことを、国民は今でも慕っておりますゆえ……」

「ああ、もういい。やめてくれ」

長くなりそうなイゴールの言葉をアーロンは片手を上げて遮った。家老まで直々にやってきたのは初めてだが、キングズリー王家に戻る戻らないの話はこれまでも幾度となく繰り返されている。

父が故郷を捨て母と自分を連れてニホン国に移住してきた時点で、生まれた国との縁はなくなったのだとアーロンは思っている。世間には受け入れられず浮いた存在ではあっても、人生の半分以上をもうこの国で生きてきたのだ。

「おまえたちの用件がそれだけなら、これ以上の話し合いは時間の無駄だ。俺にはまったく戻る気はないんだからな」

「ちょっと！」

「殿下！」

「それよりも、俺は今最高に忙しいんだ。おまえたちの相手をしている暇はない。はるばる来てもらって悪いが今日は帰ってくれ」

「トニオから聞きましたぞ。こちらの園を獣人と人間の交流の場とするべく、何やら会を企画しておられるとか」

口が軽いのが働き者で真面目な副園長の唯一の欠点だ。アーロンはさらに渋い顔になるが、もともとエドナ国でトニオに仕事を教えていたのはイゴールだ。父が城を出るとき、トニオに同行を許したのも彼だと聞いている。大恩ある彼にトニオは隠し事はできないだろう。

　純真な副園長のことだから今回の計画のことをさぞ意気揚々と語ったに違いないが、イゴールの顔は厳しい。エドナ国内でも反人間派の最右翼である彼には異種間交流という目的自体が受け入れ難いことなのだろう。

「えっ？　会って何？　私聞いてないけどっ」

　姫君のくせに城の中でおとなしくしていられず、お祭り騒ぎには目がない従妹が目を輝かせる。ここでごまかしても聞くまでは帰らないだろうと諦め、アーロンが簡単に説明する。

「町の人間と獣人を客に呼んで、この野外劇場で交流音楽会を開く予定なんだ」

「何それ、楽しそう！」

　パァッと顔を輝かせたルシアは、隣の老臣の咎《とが》めるような眼差しにあわてて首をすくめる。

「殿下、もう十年以上もこちらの国でお過ごしになられたのですからおわかりでは？　我々と人間との間には、なかなかに越えがたい壁がございます。お父上もこちらに渡られ相当ご苦労なさったはず」

「十年以上もこの国に住んでるからこそわかることもあるし、やらなきゃいけないこともあるんだよ。親父がやろうと思っていたことを俺は実現させたいと考えている」

　アーロンがきっぱりと言い返すとイゴールは細い目をわずかに見開いた。

「イゴール、正直ついこの間までは俺もおまえと同じように思っていた。要するに、いくらがんばったところでそんなことは不可能だってな。だが、今は可能かもしれないと思ってるんだ」

彼らのおかげで、という想いをこめて来栖と白雪のほうを見た。部外者が口を挟む場面ではないと思ってか、二人は神妙な顔でアーロンたちのやりとりを見守っている。

「殿下はまだお若くてあらせられます。若者は厳しい現実から目をそらし夢を見たくなるもの。私は殿下が夢破れ、つらい目にあわれるのではないかと気がかりなのでございます」

人間嫌いという理由だけではない。老臣は主格ではあるが孫のように思っているアーロンのことを、本気で気遣ってくれているのだろう。

「心配無用だ、イゴール。今回の会は必ず成功させる。現実とは思えない、それこそ夢のような光景を俺はこの目で見てみたいし、おまえにも見せてやりたい」

「されど殿下、公園とやらのほうはともかく、その会の準備につきましては少々難航しておるとトニオより聞き及んでおりますぞ」

「む……っ」

反論できないのがつらい。他国のイゴールにまで不安を漏らすとは、これは副園長にもよほど心配されているらしい。

チラッと友人たちを振り返る。二人とも若干青ざめて直立不動になっている。怖そうなヤギ獣人の老人に、殿下が苦労をしているのはそなたたちのせいだ、と今にも雷をくらうのではないかと怯えている顔だ。

「ねぇ、そもそも会って何やるのよ？　そこに楽器があるとこ見えると、あなたたち男三人の素人演奏でも聴かせるわけ？　それってちょっと地味すぎない？」

辛口の従妹が追い打ちをかける。そのツンとした生意気そうな顔を見ているうちに、ふいに天啓が降りてきた。

「そうだ……ルシアおまえ、踊り子部隊のリーダーはまだやってるのか？」

「お、踊り子部隊って……ダンスチームって言ってよねっ。やってるけど？」

「音楽会を手伝ってくれないか？　俺たちの演奏に合わせてステージで踊ってくれ」

「えぇっ？」

ルシアは学生時代に自らダンスサークルを起《た》ち上げ、今でもそのリーダーとしてダンスを続けている。王女でありながら、美人獣人女性七人で構成されるグループのセンターとしてアイドル的な活動を続け、エドナ国内での人気は高い。軽快で可愛らしいダンスステップは常に話題になり、真似《まね》をしようと練習する女の子が後を絶たないらしい。

「ああ、それはいいね！」

驚くルシアが何か言い返す前に、来栖が手を打った。

「さっきちょうど話してたんですよ。男三人の演奏っていうのも盛り上がらないから、華やかでやわらかさのある女性が入ってくれるといいなって。なぁ海音？」

「えっ、う、うんっ」

「ルシアさんが入ってくれたら最高だなぁ。美しくてとても魅力的だし。ダンスなしで立ってるだけでも舞台に花が咲いたようでしょうね。……っと、すみません」

首をすくめたのはイゴールの怖い視線に気づいたからだろう。

「ちょっとーアーロン、この口のうまい人……颯真、だったかしら？　ホントにあなたの友だち？」

ルシアはまんざらでもないという笑みを隠せない。

「しょ、しょうがないわねっ。許嫁が困ってるんだもの、ここはひと肌脱がなくちゃ。まぁ安心して、私のチームが入ればその会は成功間違いなしよ！」

「ひ、姫様！」

任せなさい、と人差し指を立てるルシアに老臣が非難の声を上げる。

「なりませぬぞ！　王家の姫が人間国の舞台でお姿をさらされるなど、陛下がお許しになるはずがありませぬ！」

「あら、大丈夫よ。陛下はアーロンにはすごい世話になってるんだもの。むしろ、それはぜひ協力してやれって言うはずよ。それに私一度ニホン国でも踊ってみたかったのよね

～」

　わくわくと目を輝かせるルシアはすでにやる気満々だ。

「イゴール、陛下には俺から話を通しておく。ルシアが危ない目に遭うことは絶対にないようにするから安心してくれ」

「殿下……っ」

「まぁ堅いことを言わず、ここは一つやらせてみてくれ。この会が成功するか、惨敗に終わるかは俺にもわからん。だが、どうなろうとやってみる価値はあると思ってる」

　イゴールは納得のいかない表情のまま黙考していたが、ややあって深く息をついた。

「もしも夢がくじけるような結果になりましたら、そのときはいつでもエドナ国にお戻りください。わが国ではアーロン殿下のご帰還を、皆心よりお待ちいたしておりますゆえ」

「やる前から失敗したときのことなど考えたくはない。俺はもちろんここにいる友人たちも、成功を信じているからな」

「そうよ～。私たちのチームが加わるんだから成功するに決まってるじゃない」

　自信ありげな笑みを浮かべるアーロンと、ここに来た目的をすっかり忘れてしまっているルシアを交互に見ながら、老臣は諦めたように首を振った。

＊

ルシアをリーダーとするダンスチームが加わってからは、ステージの上も一気に華やかに、そしてにぎやかになった。チームメンバーは猫科だけでなく様々な種族の獣人たちで構成されているが、皆美しく明るい女性ばかり。最初は萎縮しカチコチになっていた白雪も、気さくな彼女たちにいじられるうちに次第に打ち解けてきた。

結論から言って、ルシアたちに入ってもらったのは正解だった。メインが前面に出て踊る彼女たちになるので、アーロンも来栖も裏方の伴奏に徹しようという意識が芽生えた。何しろ少しでも枠からはずれた演奏をすると、ルシアから踊りづらいと注意されるのだ。

――兄様と颯真はもっと全体の輪っていうのを考えてよっ。二人ともちょっと海音を見習ってよね。

腕組みをした王女にビシッと叱られるたびに二人は肩をすくめ、白雪はクスクス笑いをこらえていた。

その白雪はというと、きっちりと正確で控えめながら情感あふれる演奏が、チームの女性たちにすっかり気に入られ、彼のほうが年上なのにもかかわらず皆のマスコットのようになりつつあった。

とにかくルシアたちが入ってからの二ヶ月で音楽会の準備も目覚ましく進み、一通りの曲に振りもつけられて、それなりに見せられ聴かせられるようにもなっていた。

ラストに演奏する一曲を除いては……。

会の最後には、白雪のオリジナル曲を披露する予定でいた。高校のときに彼が弾いていた曲を、大勢で楽しめるようにアレンジしたものをやりたいと来栖から提案してもらい、白雪も了承したのだ。しかし、そのアレンジがまだできていない。

音楽会の開催日まではあと二ヶ月ある。申し訳ないとうなだれる白雪には、焦らなくていいと言ってあるのだが……。

その白雪の様子が最近おかしい。曲のアレンジが決まらないせいではない。違和感を感じるようになったのは、ルシアたちチームが加わることに決まった日からだ。

最初はアーロンも気のせいかと思ったが、注意して見ているとどうもそうでもないらしい。誰かといると普通にしているが、一人のときの白雪はふさいだ顔で溜め息をついていたりする。それに何より、アーロンと目を合わせようとしない。来栖と三人なら普通に話していても、アーロンと二人になるとどこかそわそわして早々に話を切り上げ逃げるように消えてしまう。

それでなくとも最近のアーロンは、来栖と白雪が二人になるように常に気遣っていた。そのため白雪とはまともに話せていない状態がずっと続いている。

理由は想像がついた。おそらく白雪は、アーロンがエドナ国の王家の者だという素性を隠していたことにショックを受けたのだろう。

再会したとき、白雪は彼自身の状況をすべて打ち明けてくれた。会社を辞めた事情も、家にひきこもっていることも、包み隠さず全部だ。それなのに、アーロンのほうは大事なことを話していなかった。友だちなのにそんな大切なことも教えてもらえなかったなんて、と繊細な彼は残念に思っているに違いない。

真実を知られたあの日、ルシアたちが帰ってから、白雪と来栖には何もかも話し驚かせてしまったことを謝った。来栖は『水臭いよ』と笑ってすませてくれたが、白雪はどこか呆然と上の空になっていた気がする。

(このままだとまずいな……)

音楽会の準備自体は順調に進んでいる。それで問題はないはずだが、アーロン自身がどうにも居心地が悪い。視線が合いそうになるたびにそらされるのは、正直胸が痛む。せっかく近しくなれたというのに、また高校のときに逆戻りしてしまったような気分になってしまう。

白雪はアーロンにとって、もう大切な親友だ。わだかまりは音楽会までに解いておきたかった。

「白雪、ちょっといいか」

休憩に入り、事務所に楽譜を取りに行くと一人ステージを離れた彼をさりげなく追って行き、アーロンは声をかけた。白雪はびくりと肩を揺らし振り向く。その視線はアーロンの顔から微妙にそらされていて、アーロンは落胆する。

「二人で話したいと思ってた。このところおまえ、俺を避けてるだろう？」

直球で聞いた。もたもたしていると誰か来てしまわないとも限らない。

「えっ……そ、そんなこと、ないよ」

困りはてた顔が『そのとおり』と言っている。

「いや、ある。俺が素性を伏せていたことについては本当に悪かったと思ってる。前も言ったが、意図して隠していたわけじゃないんだ。言う必要を感じなかったというか、正直忘れていた。俺自身もう、自分がキングズリー家の人間だとは意識していなかったんだよ」

「わ、わかってるよ」

白雪はアーロンと目を合わせないままふるふると小さな頭を振った。

「出雲君が、別にそのことわざと隠してたわけじゃないって。もしも僕がそれについて聞いてたら、ちゃんと話してくれただろうことも。だからもう、謝ったりしないで」

本当にいいから、と手を振る様子に不自然なところはない。

「だったら何を気にしてる？　はっきり言ってくれ。このままだと気まずい」

「そ、それは……」

白雪は視線を泳がせしばしためらってから「気にしないで」とだけ言って微笑んだ。どう見ても無理をしている微笑みだ。

「……と言われても、気になるぞ」

「僕の、個人的なことだから……。なので、出雲君は全然何も悪くないよ。本当に、全然だよ」

「個人的なこと？」

意味がわからず首を傾げると、「ごめんね」と小さな声で謝られてしまった。

問い詰めるような口調で怖がらせてしまったかもしれない。もう一度、穏やかに聞き直そうとしたとき……。

「あ、いたいた、海音～！」

タイミング悪く、ルシアの声と軽快な足音が近づいてきた。

「海音の楽譜のファイル、ピアノの脇に置いてあったわよ。……って、あら？　何か深刻な話？」

向かい合っている二人の空気が硬いのに気づいたようだ。ルシアが首をすくめる。

「ううん、今終わったから大丈夫だよ。あ、楽譜あった？　ルシアさんありがとう」

アーロンが口を開く前に白雪が答えてしまい、そそくさとルシアと並び背を向ける。

「海音ってちょっとドジっ子入ってるわよね。ねぇねぇ、ところで四曲目のピアノソロのところで、すごい可愛いステップ考えちゃった」

「へぇ〜、どんな？」

ルシアとは普通に目を合わせ楽しそうに語らいながら、白雪は振り返りもせず野外劇場のほうへ戻っていく。

「一体なんなんだ……」

アーロンは独りごちて溜め息を漏らした。

『個人的なこと』とはねつけられてしまっては、アーロンとしてはどうすることもできない。アーロンは全然悪くないと言われても、白雪のほうは目も合わせたくないような何か理由があるのだろう。

やはりもう一度時間を取って二人でゆっくり話してみなくては、と頭を悩ませながら森林公園のほうへ足を向ける。

副園長たちのがんばりの甲斐《かい》あってそちらの準備も着々と進んでおり、予定どおり音楽会開催の日に合わせて来園者にお披露目できそうだった。

入口に設置されたゲートの前に来栖が立っているのが目に入った。虹をかたどったゲートを嬉しそうに見上げている。

「アーロン、こっちもいい感じだな」

近づいていくアーロンに気づき、来栖が笑顔を見せた。

「さっき少し公園の中も歩かせてもらったけど、リラックス効果抜群だよ。自然のパワーはすごいな。ここは話題のスポットになるぞ」

「そうなってくれるといいと思ってる。副園長ががんばってくれているから、年末までには整備も間に合うだろう。……ところで颯真」

来栖と二人になれる機会も最近はなかなかない。ここで二人きりになれたのが幸いとアーロンは尋ねる。

「白雪なんだが……最近どうだ?」

アーロン自身も違和感をはっきり言い表せないため、漠然とした聞き方になってしまった。

「どうって?」

「何か、変わったことはないか?」

「変わったこと?」

来栖は首を傾げ少し考えこんでから、嬉しそうに微笑んだ。

「うん、明るくなったよな。ルシアたちが加わった当初は硬くなってたけど、最近は女性陣とも楽しそうにしゃべってるよ。ルシアのほうが年下なのにまるで姉さんみたいに活を入れたりして、見てて面白いよ」

その場面を思い出してか来栖はクスクスと笑う。どうやら来栖はまったく気づいていないようだ。それもそのはず、白雪が挙動不審になるのはアーロンに対してだけなのだ。

「そうか。それならいいんだが……とにかく、これからも気をつけてやっててくれ。何か相談事がありそうだったら聞いてやってほしい」

「それはもちろん。しかし……おまえって昔からそうだな」

「ん？」

「や、海音のことを心配して、よく見てやってるってこと」

何も後ろめたいことはないはずなのに、なぜか一瞬ドキリとした。

「当然だ。高校のときからの因縁があるからな」

「でもいじめられてるのを助ける前から、彼がピアノを弾いてるところを見てたりしたんだろ？」

来栖は探るような目をアーロンに向けてくる。

「実は俺さ、当時から不思議に思ってたんだよ、おまえが特定の誰かのことをやけに気にかけてるっていうのが。一匹狼で誰にも興味持たなかったおまえがさ」

反論することができない。長いつき合いの来栖にはごまかしようもなく気づかれてしまっている。

「あの頃からずっと変わらず、海音のことだけはいろいろ気にしてやってるだろ？　それがなんとも不思議で」

確かに来栖の指摘どおりだ。アーロンは今でも高校のときと同じように、白雪のことを気にしている。いや、『守りたい』『助けてやりたい』という気持ちは当時より強くなっているくらいだ。

改めて考えようとしたことはなかったが、この感情はただの友人を気遣う気持ちともまた違う気がする。一体、なんなのだろう？

「なぁアーロン、一度確かめておきたかったんだけど……」

周囲に人がいないのを確認してから、来栖がやや改まった顔で聞いてきた。

「おまえ、海音のことをどう思ってる？」

「どう、とはどういうことだ？」

質問の意図がわからず聞き返す。

「特別に想ってたりしないか？」

「ん？　意味がわからん」

「だからさ、恋愛的な意味で好きなんじゃないかってこと」

一瞬、心臓が強い衝撃を受けたようにギクリとした。まるでぎりぎりまでふくらませた風船が胸の中で破裂したような感じだった。だが、口は秒も間を置かず即答していた。

「まさか。あり得ない」

白雪を恋愛対象として意識したことなど一度もない。考えたこともない。

そもそもアーロンは恋愛というもの自体に興味がない。仮に恋愛したいと思ったとしてもこの国には獣人自体が少ないし、出会いなどそうそうあるとは思えない。

（大体、白雪は友人だぞ？　何を馬鹿なことを）

心の中で全否定しながらも、アーロンは我ながら驚くほどうろたえていた。胸の奥にずっともやっていた霧が、来栖の質問で晴れたような感じがしたからだ。

「俺が白雪を？　あるわけないだろう、そんなこと」

その捉《とら》えどころのない感覚を打ち消すように繰り返すと、来栖はどこかホッとしたような表情を見せ微笑んだ。

「だよな。だったら俺と海音をわざと二人きりにしようとしたりしないだろうしな」

さりげない気遣いはどうやらばれてしまっていたようだ。

「それについては、すまん。おまえに昔のように白雪の支えになってやってほしいという、俺のおせっかいだった」

「いやいや、いいんだ。むしろありがたいよ。俺は彼のことを、そういった意味で好きだからさ」

さらりと口にして、来栖は少し照れたように笑った。予想はしていたことだったがはっきりと本人からその気持ちを聞き、湧いてきた奇妙な感情にアーロンは困惑する。

白雪のためには喜ぶべきだ。それなのに、心から喜べないことに戸惑う。

「やはりな。なんとなくそう思っていた。おまえが白雪に向ける目はこれまでの誰に対するものとも違うからな」

波立つ心を落ち着かせ、アーロンは微笑みを返す。

「やー、今思うと海音が俺の初恋だったんだよな。おまえも知ってのとおり俺も結構たくさんの人とつき合ってきたけど、いないんだよ、海音みたいなヤツ。なんていうか、どうしても俺がこの手で守ってやりたいって、強く惹《ひ》かれるような相手がさ。再会してはっきり自覚した。やっぱり好きだって」

とにかくおまえには感謝してる、と来栖はしきりと照れながら改まって告げる。いつも軽めな友人のそんな真面目くさった表情は珍しく、彼の本気を窺わせた。

「俺の感じでは、白雪のほうもおまえと同じ気持ちだと思うぞ。告白してみるといい」

背中を押したのは二人がつき合うことになれば、自分の中のこのもやもやした感情も綺麗さっぱりなくなってくれるのではないかと思ったからだ。

「いや、今は音楽会のことで彼もいっぱいいっぱいだろうから、終わってからにするよ。まずは会を成功させないとな」

がんばろうぜとアーロンの肩を叩き足取り軽く劇場へと戻っていくその後ろ姿を見送りながら、アーロンは複雑な想いを胸の奥に押しこめた。

（俺はもう、あいつを気にかけてやらなくともいいのかもしれない……）

このまま白雪が『個人的なこと』が原因でアーロンに対してぎこちない態度を取り続けたとしても、彼自身が来栖や他のメンバーとうまくやれているのなら問題はないのではないか。

そう、アーロンが心配してやらなくとも、もう大丈夫なのだ。きっと来栖が彼を支えていってくれるだろう。

音楽会が無事に終わり、来栖が白雪に想いを告白する。それを受け入れるときの白雪の最高に嬉しそうな顔を、自分は見ることができない。そのことをアーロンは我ながら驚くほど寂しく思った。

＊

月日はまたたく間に過ぎていき、音楽会まであとひと月と迫っていた。曲の準備のほうはその後も順調で、にわかバンドの演奏も最初の頃と比べてずいぶんと息が合ってきた。歌とダンスを担当するルシアたちチームも絶好調で、これなら観客も乗ってくれるだろうという楽しいステージに仕上がりつつあった。

唯一の懸案事項は、白雪のオリジナル曲がまだ完成していないこと。そしてアーロンにとってそれよりずっと厄介な件がもう一つ……。

「殿下、陛下からのご書状にお返事のほうはされたのですか？」

準備作業を休みとした休園日、溜まった事務仕事を片づけていたアーロンにトニオがはらはらと声をかけてきた。

「いや、まだだが」

「なるべく早くなさいませんと。陛下はきっと首を長くしてお待ちでございますよ」

むうっとアーロンは喉の奥で呻いた。

獣人国王である叔父が、先日ルシアに手紙を持たせてきたのだ。要はいつものとおりエドナ国に戻ってきてほしいという内容なのだが、今回は条件を出してきた。

もしもアーロンが帰国に同意するなら、その後のドリームランドについてはエドナ国王家が援助し引き続き運営していってくれるという。どんなに赤字でもつぶしたりはしないと約束するそうだ。

叔父《おじ》はアーロンを時期国王――王子として迎えたいようだったが、それはともかくとして、ルシアが戻るとき一度エドナ国に来てみないかと手紙には書かれていた。王家の人間も国民も皆おまえの帰りを待っている、と締めくくられたその手紙に、どう返事をしたものかとアーロンも頭を抱えているところだった。

もちろん、故郷の国に帰る気はない。王子の地位につくなどもってのほかだ。だが、叔父とはいえ国王からの度重なる頼みを無下に断り続けるのもどうかと思う。人種間の交流を今後も進めていきたいのなら当然エドナ王家の協力も必要となってくるだろうし、私情ばかりを優先させるべきではないのもわかっている。

さらにエドナ国では通信設備がニホン国ほど整っておらず、電話で気軽に話せないという点も面倒だ。こみ入った相談事などは手紙ではなかなかできないので、叔父もアーロンにそばにいてほしいと願っているのだろう。

（一度向こうへ顔を出し陛下に直接会って、はっきりと断ってくるべきか……？）

そして自分の口で今の気持ちを伝えたほうがいいかもしれないとも思うのだが、エドナ国に足を踏み入れたが最後、もうこちらの国には帰ってこられないような嫌な予感もする。拘束されるとかそういったことではなく、叔父に引き止められ相談を持ちかけられたら聞いてやらざるを得なくなる気がするのだ。意外に面倒見のいい自分の性格をアーロンはよく知っている。

「とりあえず今は、音楽会を成功させるのが最優先だ。叔父上への返事は後だな」

「殿下～」

「副園長もそのつもりで、森林公園のほうの準備をしっかり頼むぞ。……俺はもう上がらせてもらう。おまえもあまりがんばりすぎるな」

まだ何か言いたそうなトニオの視線を振り切るようにして、アーロンは事務所を飛び出した。

音楽会と森林公園の宣伝用に来栖が作ってくれたチラシを店に置いてほしいと、レトロ喫茶のマスターに頼み店を出た。馴染み客であるアーロンの頼みをマスターは快く引き受けてくれた。

マスターのように、獣人に対しても人間と同じように普通に接してくれる人はいる。だがこうして町を歩くと、やはりほとんどの人に距離を置かれていると感じる。向けられる視線は好奇か恐れかのいずれかだ。

いちいち気にしていてはこの国では生きていけないので、アーロンはいつもこそこそすることなく堂々と道の真ん中を歩く。休日なので駅に向かう通りはそこそこ人が多かったが、アーロンの周囲には自然と空間ができる。それを居心地悪く感じることもさすがにもうなくなった。

当たり前のことだが、エドナ国だったらこんなことはないのだろうな、とふと思う。特別に扱われることなく、他人の視線を気にせず暮らしていけるのだろう。

この国は自分にとってはとても生きづらい。なのになぜ、ここで生きていくことにこだわるのか。ドリームランドさえ交流の場として残せるのなら、それで両親の願いは叶えられたことになるのではないか。

ふいに浮かんだのは二人の友人の顔――とりわけ、優しげに微笑んでいる白雪海音の顔だった。

（俺はまだ、あいつのことがそんなに心配なのか……？）

ごまかしようもなく離れ難く感じていることを自覚し、アーロンは当惑する。

来栖から白雪に好意を持っていると聞かされたとき、白雪のためによかったという嬉しさだけではない複雑な感情が確かにあった。その感情の正体はなんだったのか。あれ以来答えを見つけられない上に、白雪との関係もぎこちないままだ。

軽く息をつき、アーロンは足を駅のほうへと向ける。

仕事が立てこみ始めると帰るのも面倒で事務所に泊まってしまうことも多かったが、駅向こうの住宅地のはずれに一応自宅がある。アーロンが一人で住むには広すぎる洋館は、ほとんどの時間を職場で過ごす主《あるじ》を待つばかりで、客が訪れたこともない。通ってくれていた獣人の家政婦も父の死後エドナ国に移住してしまった。

空き家のようになった我が家には、ここしばらく戻っていなかった。帰宅したら久しぶりに窓を開け、陽の光を入れたほうがいいかもしれない。

足を速めたとき、駅前広場に見知った顔を見つけ思わず立ち止まった。

(白雪……!)

紙束を手にした白雪が駅から出てくる人に声をかけている。差し出しているその紙の色で、ドリームランドリニューアル宣伝用のチラシだとわかった。

(何をしてるんだ、あいつは?)

アーロンは半ば呆然とその様子を見守る。

相当緊張しているらしい白雪はガチガチになりながらチラシを差し出すが、受け取ってくれる人間はほとんどいない。皆忙しなく彼の前を素通りしていく。一歩下がった道の端に人形のように立ったままおずおずと手だけを伸ばしても届かないし、自分から取っていってくれる人などいるはずがない。

ただ、誰一人もらってくれなくとも、彼が一生懸命なのはその顔を見ればわかった。

——僕も少し預かっていっていいかな。

出来上がったチラシを、『少し』と言いながら結構な枚数手に取り瞳を輝かせていた彼を思い出す。今は時間的に余裕がないので、チラシ配りは音楽会が近くなったらスタッフ全員で行おうということになっていたのだが、待ち切れなかったのか。

数歩そちらに進みかけ、アーロンは迷った。

自分が近づいて話しかければ、周囲の視線は一斉に白雪にも集まるだろう。仲間内ではずいぶん打ち解けてきたとはいえ、彼はまだ人目が怖いはずだ。目立ってしまうのは恐怖に違いない。

だがそんな彼が今、たった一人で知らない人間相手にチラシを配っているのだ。どれだけの勇気が必要なのか、アーロンには想像もつかない。

通り過ぎていきかけた中年の男がやっとチラシを受け取ってくれた。歩きながらザッと内容を確かめ手の中で丸めてその場に捨てる。一瞬明るくなった白雪の顔が悲しみに曇るのを見て、我慢できなくなったアーロンはついに飛び出した。どれだけ人が見ていようともう構わなかった。

捨てられたチラシを拾い、アーロンのいきなりの登場にポカンとしている白雪に声をかける。

「気にするな。手に取って少しでも見てもらえれば、それで成功と思え」

「い、出雲君っ、ごめん、あの……っ」

勝手にチラシ配りを始めてしまったことを言い訳しようというのか、白雪はそわそわしながら視線を移ろわせる。

「いい、わかってる。半分俺によこせ」

「え……」

しっかりと握られているチラシの束の半分以上を引き取ると、アーロンも人の流れのほうに体を向ける。

「えっ？　あの……っ」

「二人で配ったほうが早いだろう？」

びっくりしている白雪に構わず前を通る人にチラシを差し出すと、ぎょっとした顔でアーロンを見てから反射的に受け取ってくれる。獣人自体が珍しい上に圧倒的な存在感のブルータイガー獣人だ。よくも悪くも目立ちまくっているアーロンの前を無視して通り過ぎることのできる者などいない。

「人の目が怖かったら俺から離れてろ」

強張った顔でじわじわと後ずさりかける友人に声をかけると、ハッとした白雪はきゅっと唇を噛みふるふると首を振った。

「ぼ、僕も……っ」

そしてアーロンの横に並び、チラシ配りを再開し始める。

電車が到着したのかもしれない。改札口から人が流れてきた。

「白雪、一気に来るぞ。気合い入れろよ」

「は、はいっ」

おかしいほど真剣な顔で、お願いしますとチラシを差し出す姿に思わず笑みが漏れた。

アーロンを警戒してか遠巻きにしつつそそくさと離れていく人も多かったが、逆に物珍しさから寄ってきて自ら手を出してくれる人もいた。一人がもらうのを見ると、次々と手が伸びてきた。子どもなどはわざわざ駆け寄ってきて、チラシをもらうついでにアーロンにぺたぺた触っていったりした。

隣に白雪がいてくれるのもよかった。アーロンだけだと敬遠されたかもしれないが、線の細いごく普通の人間の青年である白雪が一緒にいると、大丈夫そうだという気持ちになるようだった。

一方白雪もアーロンといることで存在感が増し、獣人からもらうのはハードルが高いけれどなんのチラシか気になる、という人が白雪から受け取ってくれた。

気づいたときには手の中の紙束は一枚もなくなっていて、二人は顔を見合わせて笑ってしまった。

「すごい。三十分で全部はけちゃった」

嬉しそうに笑う白雪の頭に無意識に乗せようとした手を、すんでのところでひっこめる。周囲の注目を意識し、アーロンはガードするように白雪の前に立つ。幸い感激しているらしい白雪は、周りの視線を今は気にしていないようだ。

「疲れただろう。よくがんばってくれたな」

「そんな……」

はにかんだように俯く白雪に、

「うちに来るか。ここから近くだ。茶くらいはいれられる」

と誘ってみた。「えっ」と驚いたような目が上げられ、白雪は半分呆然としながらコクコクと何度も頷いた。


陽当たりのいいウッドデッキのガーデンチェアに座り、アーロンのいれたハーブティーを飲みながら白雪がポツリと恥ずかしそうに言った。

「何か、したかったんだ」

園芸好きの両親が亡くなり家政婦も去ってからは世話する人間もおらず、せっかくの広い庭は荒れ放題だ。一年中美しい花を咲かせていた花壇も今は枯れた雑草に覆われている。

そんな幽霊屋敷のような家でも客を迎えると、荒れ庭も心なしか明るく見えた。

「わくわくして、じっとしていられなかったっていうか……こういう気持ち初めてかもしれない」

彼にしては弾んだ声で言って、白雪はいただきますとハーブティーのおかわりを自分で注ぐ。

「それで、チラシを配ろうと思ったのか」

「うん。みんなで一斉に配ったほうがずっと効率がいいのはわかってたんだけど、一人でやってみたかったんだ。自分でもびっくりしてる。こんな気持ちになるなんて……」

ひきこもって部屋から出られなかったときと比べれば考えられないような進歩だ。嬉しそうな白雪にアーロンの口もともほころぶ。

このところ二人の間に流れていたぎこちない空気が今はなくなっていた。自分の中にあったもやもやとした感情も消えている。

再会したとき、二人で乗ったゴンドラを思い出した。あのときのように時間を忘れて語り合っていたいような、穏やかな気持ちになってくる。

「結局出雲君が来てくれなければ、僕一人じゃいつまでたっても終わらなかっただろうけどね。でも、嬉しかった」

一緒に配れて、と小さな声がつけ加えた。

「俺一人だけでも、あれほどはもらってもらえなかったぞ。おまえがいたからよかったんだ。いっそもう少し多めにチラシを持ってくればよかったな」

「本当だ。でも、よかった。たくさんの人に認知してもらえたよね。ドリームランドのこと自体知らなかった人もいたし」

「獣人しか入れないと思っていた人もいたな」

「森林公園に興味を持ってくれたお年寄りの方もいたよ」

「あの遊園地とっくにつぶれたんじゃないの？　と聞かれたときにはさすがに俺もへこん

だぞ」

白雪が声を立てて笑う。二人だけのときに初めて見せる明るい笑顔はやわらかな日差しに輝いて見え、アーロンは無意識に目を細め彼を見つめる。

両親がまだ生きていた頃、たった三人の家族用にしてはやたらと広いデッキには笑い声がいつも響いていた。アーロンは少年の頃から大人びていたので声を立てて笑うことなどなかったけれど、母はよく笑う人だった。楽しげに笑う母を見ながら父もニコニコと微笑んでいた。

母の座っていた椅子には今白雪が、父の椅子には自分が座っている。誰かとこうして安らいだ気分で、このテーブルを囲む日が来るとは想像もしていなかった。

「白雪、感謝してるぞ」

白雪が目を見開く。

「ドリームランドのためにおまえが勇気を出してくれたことを。今日のことだけじゃなく、これまでのいろいろなことに対してだ」

これまで言う機会がなかった改まった礼に、白雪は大きく首を振る。

「ううん、感謝してるのは僕のほうだよ。出雲君、本当にありがとう」

ペコリと頭を下げしばしそのままでいてから、白雪は思い切ったように顔を上げた。

「それと……ごめんね」

「なんだ？」

「出雲君を最近、なんとなく避けてたこと」

言いづらそうに視線を泳がせる。そういえば彼の言っていた『個人的なこと』は解決したのだろうか。

「ルシアさんに聞いたんだ。許嫁っていっても、子どもの頃にお祖父さん——前の王様が決めたことで、お互いにそのつもりはないって」

「ん？」

思いがけない話がいきなり持ち出されアーロンは面食らう。ルシアと自分との関係が、なぜ白雪の『個人的なこと』につながるのだろう。

「そ、そうなんだよね……？」

そろそろと確認され、戸惑いながらも頷く。

「ああ、そのとおりだ。祖父が冗談半分で言っていたことだし、俺がこっちの国に来たことでどっち道無効だ、そんなのは。大体昔からルシアは妹みたいなものだしな」

「そう」

明らかにホッと頬をゆるませるのに怪訝《けげん》な目を向けてしまうと、白雪はあわてたように両手を振った。

「あっ！　えーっと、つまり、何かちょっと寂しくなったっていうかっ……友だちが遠くへ行っちゃう、みたいな感じがして。許嫁のことだけじゃなく、君が王子様だったって知ってから……」

澄んだ瞳がわずかに寂しげに陰る。

「颯真君と後で話したんだ。出雲君って本当にすごい人だったんだねって。エドナ国に戻ってほしいって王様からお願いされちゃうような。ルシアさん以外のダンスチームの人たちも、みんな君に憧れてるみたいだし。噂では聞いてたけど実物は想像以上に素敵だって、いつも彼女たち盛り上がってるんだよ」

頰を紅潮させた白雪に持ち上げられて、アーロンは思わず苦笑してしまう。

「今はもうニホン国の一般庶民だ。おまえたちと同じだよ。ブルータイガーはあっちの国でも珍しいから、チームのメンバーはそれで騒いでるんだろう」

「ち、違うよ。本当にみんな、かっこいいって言ってて……。エドナ国の人でも、まだ君やお父さんのファンがいっぱいいるんだって話してくれた」

「おおげさだな」

「本当だよっ」

顔を上げ両拳を握り力説してから、白雪はまた少し不安げな表情になる。

「出雲君は……」

なかなか言葉を続けようとしない白雪に「なんだ?」と促してやる。

「ここに、いてくれるんだよね……?」

エドナ国に帰ったりしないよね、とか細い声が聞いてきた。

「ああ。ここにいる」

心配そうな目を見て、アーロンはおもむろに頷く。

「向こうにいた時間よりも、こっちにいる時間のほうがもう長くなってるしな。家にも職場にも思い出がある。それに、おまえと颯真がいる」

家より、職場より、思い出よりも、二人の友人の存在が今は大きいことをアーロンは再認識する。もしも彼らがいなかったらどうしていただろう。国王から熱心に請われれば帰ることも考えたかもしれない。

だが今は、はっきりとここにいたいと思う。キラキラ輝く陽に包まれて、目の前の白雪が嬉しそうに微笑んでくれているから。

「よかった。……ありがとう」

ふいに、同じ椅子に座っていた亡き母の面影が、白雪の顔に重なった。

両親が広いウッドデッキを作ったのは、おそらく客を招待するため。獣人、人間問わず、たくさんの人を呼んでホームパーティーをするためだ。

実際は誰も来てはくれなかったのに、母はいつも笑っていた。そんな母を見ながら父も笑っていた。それはまるで地上の幸せを二人占めしたかのような笑顔だった。

アーロンは笑わず二人を見ていた。みんなから避けられ変な目で見られ、お客さんなんか誰も来てくれないっていうのに、どうして笑っていられるんだろうと不思議だった。

苦境にあっても二人が笑顔でいられた理由は今でもわからない。だがそれよりも、一番シンプルで大切な事実が、天から放たれた矢のごとくアーロンの胸に唐突に突き刺さった。

（親父は獣人で、お袋は人間だったじゃないか……！）

異人種でありながら、二人は心から愛し合っていた。そんな両親をずっと見てきたのに、自分が人間と恋愛する可能性をまったく考えていなかったとは……。

「出雲君と、今度また一緒に観覧車に乗りたいな……」

恥ずかしそうに言って、白雪はふわっと笑う。

（おい、冗談だろう……？）

アーロンは自問して秘かに息を吐き、白雪から無理矢理視線をひきはがした。

わかってしまった。これまでどうして気づかなかったのかと呆れてしまうくらい、はっきりと。

初めて音楽室でピアノを弾く白雪を見てからずっと、どうしてあんなにも気になっていたのか。再会してからも彼のことが心配で、守りたくて、笑ってほしかったのはなぜなのか。

そして来栖と白雪がうまくいくことを望みそれを嬉しいと思いながら、同時に湧き上がってきたもやもやとした感情がなんなのか。

いや、気づかなかったのではない。無意識に認めようとしなかっただけだ。認めてはいけないと、どこかで思っていたからだ。もしも認めてしまったら、苦しい思いをすることがわかっていたから……。

——おまえ、海音のことをどう思ってる？

来栖の問いかけが頭の中によみがえる。今のアーロンにはもう、あのときと同じように迷いなく答えることができそうもなかった。

＊

「あ、出雲君！」

明るい声に呼び止められ振り向くと、笑顔の白雪が駆け寄ってくるところだった。右手には丸めた紙を持っている。

「観覧車のほうに行ったってスタッフさんから聞いて……忙しいのにごめんね」

遠慮がちに見上げてくる目は、アーロンが見つめ返してもうそらすことはない。宝石のような琥珀色の瞳をまっすぐ向けられ、心を揺らされたアーロンのほうが視線を流した。

彼がルシアたちと雑談しているのを確認しさりげなく輪をはずれてきたのだが、まさか追ってくるとは思わなかった。

「どうした？」

目を合わせないまま問うと、「あ、うん。これ……」と目の前に紙が差し出された。楽譜だ。

「最後の曲のアレンジできたんだ。これは、君の分」

ついこの間までは悩んでいたようだったのに、いいインスピレーションでも降りてきたのか。

受け取った楽譜に踊る音符を目で追っていくと、頭の中に音が流れてきた。胸が弾み、体ごと心までふわりと空に舞うようなメロディだ。彼が音楽室で弾いていたあの曲をベースに、今の白雪の心情が滲み出た明るいアレンジが加えられている。

「へぇ、いいじゃないか」

この曲ならいけるとアーロンも嬉しくなり思わず顔を見ると、それ以上に嬉しそうな白雪の目とまともにぶつかってしまった。心が震え、そのまま視線にとらわれる。

「そうかな？　よかった。出雲君に、一番に見せたかったから」

照れくさそうに言って、白雪は瞬く。

「俺にか？」

「うん。こうして曲ができたのは、出雲君のおかげだから」

「俺は別に何もしてないぞ」

「ううん、してくれたんだよ。だって、一週間前出雲君が家に呼んでお茶をご馳走《ちそう》してくれてから、するするってメロディが浮かんできたんだから」

「っ……」

アーロンは内心の動揺を押し殺す。

一週間前、白雪への想いに気づいてしまったあの瞬間を思い出す。心が甘さに包まれると同時に切なく引き絞られる感覚。あの日から一週間ずっと、白雪を見るたびにその感覚がよみがえる。

「嬉しかったんだ、あの日。出雲君と一緒にチラシを配って、おいしいお茶を飲んで、気になってたことを話して……僕の中でもやもやしてたものが全部なくなって嬉しさに変わったから曲が作れたんだと思う。だからやっぱり、君のおかげだよ」

ありがとう、と小さな声でつぶやく白雪の上気した頰を見て、自分でもどうすることもできない感情が湧き上がってきそうになり戸惑った。手を伸ばし、触れたいという感情だ。

「よくがんばったな」

困惑と衝動を完璧に抑えこみ、アーロンは平静を装って微笑み、白雪の肩を軽く叩いてねぎらうに留めた。

「颯真には早めに渡したほうがいい。まず二人で先に練習しておいてくれ。俺は後から加わって、おまえたちに合わせる」

「え……」

三人で一緒に進められると思ったのだろう。白雪は戸惑いを隠せない様子だ。

「リニューアルオープンの日まであともう三週間だろう？　園全体を当日用に飾ったり、森林公園の最終チェックをしたり、何かとやることが多くてな」

「そ、そうか、園長さんだもんね。ごめんね、忙しいところ」

「いや、そんなに忙しいというわけでもないいんだが、雑事がいろいろとな。俺は当日までバタついてると思う。音楽会のことで何かあったら颯真に相談しろ。それ以外のことでも、あいつを頼りにしてくれ」

「うん、颯真君に相談するよ。出雲君もがんばって」

「ああ。これは時間を見つけて自主練しておく」

手にした楽譜を振り背を向けた。その場に立ったままの白雪の視線を背中に感じたが、振り向かず観覧車のほうへと足を速める。

（まいったな……）

アーロンは深く息を吐いた。

一週間前のあのときのことは一時の気の迷いかと思おうとした。だがどうやら違うようだ。

白雪海音のことを愛《いと》しく思っている。これはおそらく恋愛感情だ。もう認めざるを得ない。

いつから特別な想いを抱いていたのかと改めて考えた。きっと、あの音楽室でピアノを弾く彼を見たときからだったのだろう。卒業しても忘れられず、再会してから何ヶ月もそばにいながら、まったく自分の気持ちに気づこうとしなかったのには呆れる。

それにしても、恋というのがこんなに厄介なものだとは思わなかった。それが恋だと意識するまでは、白雪に対する想いは温かい友情であって、ただ笑っている彼を見ているだけで心地よく満足していられたのに、今は違う。もっと近くにいたい。特別でいたい。挙句触れてみたいなどという想いが、抑え切れず湧いてきそうになる。

いずれにせよ、無駄な想いだ。獣人であるアーロンは白雪からすれば恋愛対象にならないだろうし、それ以前に彼には来栖がいる。自分の想いは隠しとおして、これまでどおり離れた場所から見守るのが最善だ。

人間である母に恋をしたとき、父も同じように苦しんだのだろうか。

前方にトニオの姿が見えた。パラパラとまばらに客が来ては乗りこむ観覧車を見上げている。その表情はとても満足そうだ。

「副園長」

声をかけると、振り向いたトニオはあわてた様子で目もとを拭い照れ笑いをした。

「おお園長、ご覧のとおり、このところまた観覧車に乗りに来てくださるお客様が増えました。ありがたいことです」

「チラシの成果が少しはあったか？」

「それもですが、この観覧車ももうあと三週間ということを知っておいでになる方も多いのですよ。以前青いゴンドラのおかげで願いが叶ったという方も、最後の思い出にと来られて……なんだか嬉しくなってしまいましてね」

涙もろい副園長はまたごしごしと目をこする。

結局いつ停まるかもわからないものを動かしておくのも危ないということで、観覧車の運行は年末まで——音楽会の日を最後にすることに決まっていた。その後年明けに撤去するかはアーロンもトニオも悩んでいるところだ。園を支えてきてくれた目玉の観覧車が完全になくなるのも寂しいが、リニューアルを機に一新するのも悪くないとも思えていた。

トニオと並び、アーロンも観覧車を見上げる。ガコンガコンと派手な軋み音を立てて今日もかろうじて動いてくれている。あと三週間で役目を終えることをまるで知っているかのように。

「相当ヤバい音を立ててるが、なんとか年内持ちそうだな」

「はい。園長、なんだか私にはあの音が『ありがとう』と言っているように聞こえるんです。これまで乗ってくれて、どうもありがとうと」

トニオはたまに詩的なことを言う。そういうところは父もよく似ていた。だから彼ら主従は気が合っていたのかもしれない。

「ですが、観覧車に礼を言いたいのは私のほうなんです。お父上様とお母上様が園の経営でご苦労されているときに、救ってくれたのがあの青いゴンドラだったのですから。私にはこう思えるのですよ。きっと神様がお二人のために、この古い観覧車に奇跡をくださったのではないかと」

願いの叶うゴンドラが話題にならなかったら、ドリームランドはとっくにつぶれていただろう。神の奇跡かどうかは知らないが助けられたことは確かだ。

厳しかった当時を思い出しているのかもしれない。前園長夫婦と苦楽をともにしてきた副園長の目はまた潤んできている。

「両親は……開園したとき、相当大変だったんだろうな。俺には苦労話は一切したことはなかったが」

「アーロン様にはご心配をかけたくなかったのでしょうが……それはもう、いろいろございましたね」

トニオの口調が重く悲しげになる。

「珍しい獣人と人間のご夫婦ですので、この小さな町ではなかなか受け入れてもらえず、偏見にさらされておられましたな。おかしな連中のやっている遊園地には行かないと、子どもに言い聞かせる親もいたようで」

そういった差別は今でも同じだ。

「それに、不思議ですな。お父上様や私のような獣人ではなく、むしろお母上様のほうが周りの方々からつらく当たられておられましたよ。人間なのに獣人と一緒になるとはどういう了見だ、と聞えよがしに言っていかれる心ない人もいましたしね。ひどい話です」

毎月の第一土曜日に、自宅のウッドデッキで開かれたガーデンパーティー。近所にも招待状を出していたのに、集うのはいつも家族三人だけだった。大量に買ってしまった食材を眺めながら、これで一週間はもつねと母は笑った。

改めて思い返すと両親はいつでも、どんなときでも笑っていた。

（どうしてあんなふうに笑っていられたんだ……？）

ドリームランドに客が一人も来ない日でも二人は笑顔で、遊園地なんてガキっぽいものに興味ないとむすっとする可愛げのないアーロンを好きなだけ乗り物に乗せてくれた。

獣人差別派の輩《やから》に閉園しろと書かれたビラを自宅にまで貼られ綺麗にはがせなくても、二人で何色にしようかと相談しながら淡いクリーム色に塀を塗り替えていた。

笑っている両親の分まで、アーロンはいつも静かに憤っていた。学校ではじかれ、家でもはじかれる両親を見ていたからだ。

結婚を認められず故郷の国を出て、たどりついた国でも受け入れられなくて……そんな二人がなぜ笑顔でいられたのか、アーロンにはいまだにわからない。

だが、いつかその理由を知りたいとは思う。

「観覧車はこのままにしよう」

きっぱりと言ったアーロンに、副園長が驚いた顔を向ける。

「動かしはしないが、モニュメントとしてずっとここに置いておく。この園に幸運をもたらしてくれたんだろう？　撤去したらその幸運まで逃げてしまいそうだ」

違うか？　と同意を求めると、トニオは嬉しそうに破顔し何度も頷いた。

「そのとおりですな！　せっかく新たな試みを始めようというときに、幸運に逃げられてしまっては敵《かな》いません。天国のご両親様もそう思っておられますよ」

そして、アーロンのほうに体を向け改まって「殿下」と口を開く。

「エドナ国へお戻りになるお話ですが……」

「ああ、それか」

アーロンは眉を寄せる。国王への返事はまだしていない。

「園のことならご心配なさいますな」

いつもよりしっかりとした口調で言った副園長の顔を、アーロンは思わず見返す。

「ずっとおそばにおりました私のひいき目だけでなく、殿下は類稀なるお方です。名君の誉《ほま》れ高かった前王にご容姿もご気性もよく似ておられる。エドナ国におられたらさぞ立派な王になられたでしょう」

両親の結婚を頑として許さなかった祖父に対していい感情は抱いていなかったが、一方で民を思う立派な王だったことはアーロンも知っている。幼い時分から、自分が祖父に似ていると言われていたことも。

「買いかぶりだ。そもそも、もしもの話をしてもしょうがないだろう。俺はもう王家を出た身だぞ」

「いえ、これからでもまだ戻ることはできますぞ」

父が王位につくのを夢見ていたトニオは、これまでもアーロンにエドナ国に戻ってはとほのめかしてはいたが、これほど真剣な顔で詰め寄られるのは初めてだった。

「アーロン殿下はこの小さな園の園長で終わられるには惜しいお方です。今回の企画が成功すればご両親様の夢も果たせることになりますゆえ、次は殿下ご自身の夢を探されるべくご活躍の場を変えてみられてもよろしいのでは？」

エドナ国王のもとで王家の者として新たな歩みを始めることを、ずっと支えてきてくれた家族のような忠臣は望んでいる。

これまでのように即座に拒否できなかった。確かにトニオの言うとおり、ドリームランドを人種間交流の場にしたいというのは両親の遺した願いだ。アーロン自身の願いはまだ見つかっていない。受け継いだ夢が叶えば、次の夢はアーロンが見つけなければならない。

音楽会が成功し園が順調に新たな一歩を踏み出した後、自分がここに——この国にいる意味は？　と考えて、一人の人間の顔が浮かんだ。だが、アーロンはすぐにその面影を打ち消す。

「トニオ、俺は……」

なんと返すべきか、言葉が見当たらない。自分でもこの先どうすべきなのかわからなくなってきたからだ。

珍しく言いよどむアーロンに温かい眼差しを向け、トニオは微笑む。

「とにかく殿下の後悔のないように、これからのことをお決めなさいませ。どんな選択をされましても、このトニオはアーロン殿下の味方ですぞ」

「ああ、わかってる。心配してくれて感謝するぞ」

改まって礼を言うと、いつものにこやかな笑顔でトニオは何度も頷いた。

「ところで、森林公園のほうはオープンに間に合いそうか？　俺が音楽会にかまけてたから、そっちは任せきりですまなかったが」

「万事ご心配なく！　準備は滞りなく進んでおりますので。園長は音楽会のほうを、ルシア姫様やご友人たちとともにしっかりとお願いします」

アーロンの友人たちの話になるとトニオがほっこりと嬉しそうな顔になるのが、なんだかこそばゆい。孤独で頑なだった頃のアーロンをトニオはよく知っている。

任せろと手を上げ踵を返し、ふと立ち止まった。

「トニオ……おまえは、エドナ国に戻りたいとは思わないのか？」

改めて聞いたことはなかったが気にはなってはいた。父が死んだとき、父に忠誠を誓っていたトニオはこれで役目を終えたと帰国するのではないかと、実は思っていたのだ。この国に残ったのは、アーロンだけでは心もとないと気遣ってくれたのではないかと。

けれど、目の前の彼は迷わず首を振った。

「お父上様についてこの国に来たときから、もう私には帰る国はないと思っておりますよ。ご両親様の想いの詰まった園の行く末を見守りながら、お二人の眠るこの地に私も骨を埋《うず》めたいと思っています」

すでにこの世にはいない父に最期まで仕える——それが彼の願いなのだろう。

「それにしてもよいお天気です。青い空に青いゴンドラが実に映えますな！」

再び観覧車に目を戻した彼の、一見頼りなく見えながらピシッと伸びた背に向かって、アーロンは黙って頭を下げた。

*

演奏が余韻を残しながら最後の音を響かせ、ダンスチームがポーズを決める。数秒の沈黙の後、客席からスタッフの大拍手が沸き上がった。

「最高だな！　ベストな仕上がりだ！」

来栖が弾んだ声を上げ、ルシアたちも息を切らせながら「ホント！」「やったね！」と手を叩く。

来栖が両手を上げ、右手にアーロンが、左手に白雪がハイタッチをする。

音楽会はいよいよ明日が本番だ。あれよあれよという間に日が過ぎて、通しのリハーサルはこれが最初で最後になってしまったが、にわか仕こみとは思えないほど上々の出来映えだった。

「兄様！」

手を上げ、ルシアともタッチを交わす。

「私たちすごくない？　これ明日絶対盛り上がるわよ！　ねぇ？」

客席で見てくれていたスタッフたちへルシアが問いかけると、マジよかった！　サイコー！　と声がかかる。お愛想ではなく本気で楽しめたのだろう。ステージから見ていても皆かなり乗って、一緒に踊ったり歌ったりしてくれていた。

「ルシア、感謝してるぞ。俺たち三人ではこれだけ見せるショーにはできなかった」

「同感！　ルシアさんたちダンスチームの貢献は多大だ」

アーロンと来栖の賛辞に彼女らしく「ふふっ、見直した？」と胸を張ってから、

「でも演奏もなかなかよかったわよ。にわかバンドのわりには息もぴったりだったじゃない。特にピアノ！」

と、ルシアはピアノの脇に控えめに立っている白雪のほうを向く。

「海音のピアノが最高！　兄様と颯真だけだと自己主張が強すぎちゃうところをマイルドにまとめてくれて、私たちにも踊りやすいように配慮してくれて。最後の自作の曲もすっごくよかった！」

チームのメンバーからも同意の声が上がり、白雪は恥ずかしそうにペコリと頭を下げる。その口もとは嬉しさを噛み締めるように微笑んでいる。

（よかったな……）

アーロンは心の中で語りかけた。

ルシアの言うとおり白雪のアレンジ曲は素晴らしい出来だった。高校のときに弾いていたものよりも明るくリズミカルに仕上げてあって、ショーの最後にはぴったりの曲だ。心が浮き立ってくるようなメロディに、ダンスチームの面々も疲れを見せず軽やかにステップを踏んでいた。

本当は直接肩を叩いてほめたかった。よくがんばったと、おまえのおかげで会は成功間違いなしだと言ってやりたかった。

けれどこの三週間というもの、アーロンは白雪とまともに話をしていない。話すときはいつも来栖かルシアが一緒だった。

照れくさそうに俯いていた白雪の目が上げられ、アーロンに向けられる。アーロンはさりげなく視線をはずし、来栖のほうを向いた。

「颯真、料理と飲み物は楽屋に用意してある。運ぶのをみんなに手伝ってもらえるか？」

「もちろん！　……OK、それじゃみんな、前夜祭の準備にかかろう！」

リーダーの号令にスタッフたちが待ってましたと歓声で応え、来栖を先頭にしてステージ裏の楽屋へと移動していく。

本番を明日に控え、スタッフ一同の労をねぎらうためにちょっとした宴の席を用意した。これまであまり接触のなかった会場整備のスタッフたちとルシアたちダンスチームの面々にとっては、いい交流の場になるだろうと来栖と話し以前から計画していたのだ。

十人ほどいるスタッフたちにより、客席に料理や飲み物が手早く運ばれていく。ステージの片づけを終えその手伝いに加わる獣人女性たちから視線を転じると、そわそわしている白雪が目に入る。自分も加わりたいけれど、ほぼ初対面のスタッフの中にどうやって入っていったらいいのか戸惑っているといった表情だ。

「白雪」

不安げな様子を見ていられず、アーロンは久しぶりに自分から声をかけた。ハッと振り向く瞳に安堵の色が浮かぶ。

「事務所にも飲み物が少しあるんだが、運ぶのを手伝ってもらえるか？」

「あ、うんっ」

肩を並べ野外劇場を離れると急に静けさが戻ってくる。白雪はほうっと息をついた。肩に入っていた力が抜けたようだ。

「大丈夫か。疲れたんじゃないか？」

「うん、少し。演奏してるときは意識してなかったんだけど、リハーサルとはいえ緊張してたみたいで」

「よくがんばったな。あと一日で終わりだ」

「うん」

観覧車の前を通り過ぎるとき、白雪は懐かしそうにそちらに目を向けた。すでに閉園しているため、観覧車は紫紺に染まり始めた夜空を背景に停止している。じっとそれを見つめる瞳がどこか寂しげに見えて、アーロンの心にも漣《さざなみ》が立つ。

白雪をフォローする役目はすべて来栖に譲ったつもりだった。だがどうしても来栖より先に、自分のほうが白雪の不安や寂しさに気づいてしまう。常に人の中心にいた来栖よりも、アーロンのほうが白雪と近い場所で生きてきたからかもしれない。

これまではそばにいて、気づいたらすぐに手を差し出してやることができた。だから白雪もアーロンに心を開き、頼ってくれていたのだと思う。けれど彼に対する特別な感情を意識してしまった今となっては、友人として手を差し伸べ続けることはできそうもない。

もうそろそろ白雪も、自分の殻の中から勇気を出して一歩を踏み出すべきときだ。今回の音楽会はそのいい機会になってくれるはずだ。それを、彼に伝えたい。

そしてアーロンには、どうしても彼に言わなければならないもっと大切なことがあった。

それをいつ、どのタイミングで話そうかと考えているうちに事務所についてしまった。

アーロンが飲み物の入ったクーラーバッグの大きいほうを自分で持ち、小さいほうを白雪に渡す。

「これだけ？　もっと持てるよ」

「いや、いい。本番を前に指にケガでもしたら大変だ」

「えっ、大丈夫だよ」

「いいから」

手伝えとは言ったが、それは居心地の悪そうな彼をあの場から連れ出して息をつかせてやるためだったので、もう目的は果たしている。

「出雲君……ありがとう」

小さな声で礼を言ったのは、彼もアーロンの気遣いに気づいたからかもしれなかった。

そのまま二人並んで、ゆっくり劇場へと戻っていく。

白雪は無言で俯いている。その表情は硬い。

「不安か？」

声をかけるとハッとした顔が上げられ、頼りなげな笑みが向けられた。

「うん、ちょっとね」

「明日のことか」

「それもあるんだけど……僕、飲み会とかって正直苦手で」

困ったような顔で白雪が肩をすくめる。

「いい歳《とし》して何言ってるんだって感じだよね。前勤めてた会社でも宴会はあったんだけど、コミュニケーション下手だから場をつまらなくさせちゃうっていうか……だから、いつも隅のほうに一人でいたんだ」

せっかくの楽しい会の前にこんな話ごめん、と白雪は謝る。彼のことだから、友人としてアーロンと来栖に恥をかかせてしまうかもとか、そんな余計なことにまで気を回してしまっているに違いない。

「気にするな。俺も宴会は苦手だ。会話もうまくない。おまえも知ってのとおりだ」

「えっ、そんな。出雲君はスタッフさんたちとも、いつもなごやかに話してるじゃない」

「仕事だからだ。無礼講の席になるといっこうに話題が浮かばない。しかもこの顔じゃ、黙っていると怒ってるんじゃないかと思われるからさらに厄介だ」

軽口を叩くと、硬くなっていた白雪が肩を揺らして笑った。

「大丈夫だ。颯真かルシアと一緒にいるといい。人の十倍しゃべるあいつらがうまくあしらってくれる」

「う、うん。だよね」

笑いながら頷き、少し迷ってから白雪はそっとアーロンを窺ってきた。

「出雲君と、一緒にいちゃ駄目かな……」

声の微かな震えで、彼が勇気を出してその一言を口にしたのがわかった。このところアーロンが彼と二人きりにならないようにしていることを、白雪もおそらく気づいているのだ。

「俺は一応責任者だ。全体を見てないといけないから、おまえにばかり構ってやれない。颯真と一緒にいろ」

見上げてくるまっすぐな目から視線をそらして言った。

自分のそばはもう、白雪にとって安心できる場所ではない。アーロンはただ、彼が外界とつながるのに少し手を貸しただけだ。これからの白雪は、本当に彼にとって心から安らげる新たな居場所に目を向けるべきなのだ。

「そ、そうだよね、ごめん。出雲君は忙しいんだった」

俯く気配を感じ、胸が微かに痛む。

「心配するな。おまえのピアノのファンになって、話したがってるスタッフも結構いるらしいからな。俺となんか話す時間はきっとないぞ」

ほら行け、と見えてきた野外劇場のほうに背を押してやる。

「アーロン！　海音！　何してるんだ、早く来いよ！」

来栖が笑顔で手を振ってきた。


すべての準備を終えたという充実感もあって、交流会は最初からなごやかな雰囲気で進み大いに盛り上がった。

アーロン以外の獣人と話したことがなかったというスタッフたちも、逆に来栖や白雪以外の人間と話すのは初めてというダンスチームのメンバーたちと楽しげに笑い合っている。明日の音楽会の交流もきっとこんなふうにうまくいくだろうと思わせるような、幸先《さいさき》のいい風景だ。

スタッフたち一人一人に礼を言って回りながら、アーロンの注意は常に白雪に向いていた。

白雪は来栖の隣にいた。アーロンが頼むまでもなく来栖は彼をそばから離さずスタッフたちに紹介していた。最初のうちは表情も強張り見るからに硬くなっていた白雪も、時間が経つごとに緊張がほぐれ笑顔を見せるようになってきた。

来栖が白雪の肩に手を置き何か冗談を言う。白雪はあわてて来栖の口をふさごうとする。周りのスタッフたちが爆笑し、白雪も照れたように首をすくめて笑う。

温かい景色だった。そしてそれは、アーロンがずっと見たかった光景だった。気を許せる人間たちに囲まれて、安心して笑う白雪。彼が笑むたびに、アーロンの記憶の中の悲しげな彼の顔が一つずつ消えていく。

皆が集まっている中心から少し離れた場所に立ち、アーロンは白雪を見守っていた。

(もう、大丈夫だな……。おまえはきっと、殻の外に出られる)

心の中で語りかける。

笑顔の彼を見ながら、愛しいという想いも含めて自分の中の感情が静かに昇華されていくような感じがしていた。役目を果たした——言葉にしてみるとそんな感覚だった。

「兄様」

飲み物片手に近づいてきたのはルシアだ。皆の中心になってはしゃいでいたせいか、頬は上気している。

「ルシア、あまり食いすぎるなよ。明日踊れなくなるぞ」

「大丈夫よ~。それより、なんだってこんなところに一人でいるの？　海音と颯真のとこに行ったら？」

「おまえたちが騒ぎすぎて羽目をはずさないか見張ってるんだ」

「もー、はずさないったら。むしろ兄様は少しはずしたほうがいいわ、そんなむっつりしてないで」

「地顔だ」

アハハと笑ってから、ルシアも白雪に目をやった。

「ねぇ、海音よかったね、すっかりみんなに馴染んでる。明るくなったわよね」

見つめる瞳は嬉しそうだ。

「最初はちょっと暗いキャラなのかなって心配してたけど、根っこはそんなことないよね。ちょっと周りに気を遣いすぎちゃうだけで、話してみると面白いし、優しいし。一緒にいるとホッとするタイプよ。兄様もそう思わない？」

なぜかじりっと詰め寄られて、困惑しつつ身を引いた。

「いや、俺もそう思うが」

「だったらどうして、最近海音に冷たくしてるのよ？」

吊《つ》り上がった目を見るとどうやらルシアは怒っているようだ。年上の白雪のことを弟のように気に入っているらしいとは、来栖から聞いている。

それにしても相変わらず勘のいい従妹だ。

「そういうつもりはない」

「嘘。見てればわかるわよ、避けてるの」

どうやらごまかせそうもない。アーロンは嘆息した。

「俺より颯真を頼ったほうがいいのは、おまえにだってわかるだろう。音楽会が終わったら、その先のことをあいつも考えなくちゃいけないんだ。これからは颯真がきっと力になってくれる」

白雪がひきこもっていたことはルシアも知っている。なるほどと同意してくれるかと思った従妹は、思い切り眉を寄せ首を傾げた。

「それって、兄様がエドナ国に帰るかもしれないから？」

図星を指されてアーロンは黙った。

エドナ国王には明日、音楽会が終わったら一度そちらに行くと伝えてあった。決めたのはつい三日前だ。

以前だったら、もしエドナ国に行くとしてもそれは王家に戻るのを断るためだった。だが今は、とりあえず違う世界を見てこようという前向きな気持ちになっている。

これから先は自分の夢を見つけてほしいという、トニオの言葉が胸に刺さっていた。エドナ国でそれが見つけられるとも限らないが、何かと閉塞感のあるこの国にいるよりは自由に探せるかもしれない。そう考えて決めたことだった。

王に返答してすぐ来栖にはそれを話し、白雪のことを頼んであった。もしもそのままエドナ国に行ったきりになってしまうようなら寂しくなるなと言いながらも、来栖は笑顔でエールを送ってくれた。

だが、白雪にはまだ話せていない。彼がショックを受ける顔を見るのが忍びないからだ。

「ねぇ兄様、私思ってたんだけど……」

ルシアがらしくなくためらう。

「なんだ」

「海音って、兄様のことが好きなんじゃない？」

「なんだと？」

思わず見返したルシアの顔は大真面目だ。

「だって、兄様と話さなくなってから沈みがちだし。たまに兄様のことをじっと見てたりするし」

「おかしなことを言うな。昔から、あいつが好きなのは颯真だぞ」

アーロンは眉を寄せ否定するが、ルシアは納得いかない顔だ。

「えー、そう？　確かに颯真とは仲がいいけど、海音が兄様のことを見る目と颯真を見る目、全然違うじゃない」

「なんだ、おまえだって気づいてるんじゃないか。颯真を見るとき、あいつが眩しそうな目をするのを知ってるんだろう？」

眩しげに瞬かれる瞳、はにかんだように染まる頬。自分に対するときとはまったく違う顔を、白雪は来栖に対して向ける。

「眩しそうな目ねぇ……私は逆に、あれって海音がかしこまってる相手に向ける目だと思うんだけど？　颯真や私たちにはまだちょっと構えてるけど、兄様にだけは違うのよね。兄様に話しかけるときは海音、すごく安心してるのがわかるのよ」

この私の観察眼を甘く見ないでよね、と人差し指を立てるルシアを、アーロンはやや呆然と見つめる。

白雪のことを誰よりも見てきた自分の勘に間違いはないと思っていたが、ただの思いこみだったというのか。

――出雲君！

観覧車の前でアーロンの姿を見つけるたびに、ほんのりとした笑顔になり手を上げ速足で近づいてきた彼の姿がよみがえる。そこに特別な好意を感じなかったのは、自分の目が先入観で曇っていたからなのか？

「いや、それは、再会したときに俺がいろいろ話を聞いてやっていたから、それ以来頼りにしてるってだけだ。大体、獣人の俺があいつの恋愛対象になるわけがないだろう」

心に生じた迷いを否定するように返したアーロンの言葉に、ルシアの顔つきが変わる。明らかにむっとしている。

「それ、間違ってると思うけど」

「何？」

毅然と胸を張り、従妹は続ける。

「あのねアーロン、私最初はあなたにエドナ国に帰ってきてほしいとずっと思ってたんだけど、ここでたくさんの人と交流させてもらってちょっと考え方が変わってきたの。人間も獣人も何も変わらないいんだなって、今は思ってる」

プライドの高い獣人国の王女で、若干人間のことを下に見るようなところのあったルシアがやや言いづらそうに打ち明ける。

「前はね、どうして兄様が差別や偏見に満ちたニホン国にい続けるのかわからなかった。でも、海音や颯真と仲良くなって、ああ、こんないい友だちがいるんじゃ戻りたくないよねって思ったの。兄様自身も彼らの影響で、前より尖《とが》ったところがなくなったしね」

長いつき合いのルシアの目から見てもわかるほど、自分は変わっていたのだ。

従妹は強い目を向け続ける。

「だから、今はもう無理矢理連れて帰りたいとは思ってないの。この国にもいい人はいっぱいいるってわかったから、兄様がこのままここで暮らすのもありだと思う。海音のためにもね」

「馬鹿を言うな。あいつのためを思うなら、隣にいるのは俺よりも颯真のほうがずっと相応しいのはわかりきってることだろう」

「どうしてよ？　兄様が獣人だから？　伯父様と伯母《おば》様をずっと見てたあなたがそんなふうに言うわけ？　大切なのは当人同士の気持ちでしょ？」

ルシア～と呼ぶ声が聞こえた。チームのメンバーがおいでおいでと手を振っている。そちらに手を振り返し、ルシアは見たこともないほど真剣な顔でアーロンに向き直った。

「とにかく、これからのことも海音のことも、よく考えて。私も兄様に後悔してほしくないから」

ひらりと身を翻し仲間のほうに駆けていく背中を見ながら、つぶやきが漏れた。

「まったく……簡単に言うな」

仮に本当にルシアの言うように、白雪が特別な目で自分を見てくれているのだとしても、現実は厳しい。想いを貫こうとして両親は国を追われ、獣人からも人間からも冷ややかな目を向けられたのだ。

愛し合っていれば、すべてを乗り越えて幸せになれるなどというのは夢物語だ。

両親の苦労を、そばにいたアーロンは聞かされずともずっと感じてきた。今思えば彼らの笑顔は、現実のつらさを認めたくないという気持ちの表れだったのではないか。きつい顔をしているとどんどんふさぎこんでいってしまうから、だから無理をしてでも笑っていたに違いない。

白雪を見る。今はダンスチームの女性たちにいじられて、楽しそうに声を立てて笑っている。

そうだ、あれでいい。彼にはあのままでいてほしい。よりによって自分が、あの笑顔を曇らせるわけにはいかないのだ。

アーロンはそっとその場を離れる。事務所に戻りサックスを取ると、劇場へは戻らず森林公園へと足を向ける。

副園長たち公園チームのがんばりのおかげで、鬱蒼《うっそう》としていた森の中の道は今は歩きやすい散策コースになっている。月の光に青白く輝く花々が揺れ、大勢の客を迎えるのを心待ちにしているかのようだ。

二十分ほど歩くとちょうど中間地点にある休憩広場に出た。中央に配置された噴水は今は静かに水を湛《たた》え、その面に満月を映している。周囲に置かれたベンチには明日たくさんの人が座ってくれるだろうか。

空を見上げた。ところどころ雲がかかり星は隠れてしまっているが、月はさやかに見える。その月に白雪の笑顔が重なり、まるで自分の心の中のようだと思う。迷いに曇っているときでも、彼の笑顔だけははっきりと映えている。

ここなら、野外劇場まで音は届かない。

サックスを構えると自然に指が動き出した。奏でるメロディは白雪の曲だ。明日演奏するアレンジされたものではなく、あの音楽室で彼が弾いていたオリジナルの調べが静けさの中に吸いこまれていく。

脳内で自分の奏でる音と、あの日白雪が弾いていたピアノの音が重なる。それとともに、あのときの彼の安らかな微笑みもよみがえる。

白雪を見ながら、自分もまた安らいでいたのだとアーロンは改めて思う。いつでも、いつまでも見ていたかった。彼も、彼の弾くピアノも、アーロンにとってとても大切だったから。

「その曲……」

つぶやくような声にハッと手を止め、振り返った。

「白雪……」

サックスの音に消されて足音が聞こえなかった。白雪はポカンとした顔でアーロンを見ている。アレンジ前の曲をどうしてアーロンが吹けるのか、不思議に思っているのかもしれない。

「えっと……その曲、出雲君知ってたっけ……？」

「ああ、颯真に教えてもらった。まぁ正確じゃないかもしれないが、こんな曲だったんだろう？」

「う、うん。かなり正確に、そういう曲だよ」

「こっちもいい曲だから吹いてみたくなったんだ。……ところで、どうした？　抜けてきたのか？」

　話題を変えると、白雪はチラッと劇場の方角を振り返ってから微笑んだ。

「前夜祭はもうお開きになったよ。出雲君を捜したらいなくて、警備員さんにこっちに行くのを見かけたって聞いて、来てみたんだ」

　白雪もボディバッグを肩からかけた帰り支度だ。もう皆帰ったのだろうか。宴の場を締めるのは自分の役目かもしれなかったが、きっと来栖がうまくやってくれたのだろう。

「もう暗いのに、一人で森に入ってくるなんて危ないだろう」

　厳しい顔をしてみせると、白雪はクスクスと笑った。

「大丈夫だよ。それに、出雲君と話したかったから。少し時間いいかな？」

　遠慮がちに尋ねてくるのに頷き、ベンチを示す。

「座れ。俺もちょうど、おまえに話があったんだ」

　白雪はホッとした表情になり、ベンチの端にそっと座った。アーロンも逆の端に腰を下ろす。二人の間にはちょうど一人分の空間が空いている。今の二人の距離を表しているかのようだ。

「どうだった。大丈夫だっただろう？」

　二時間前には不安に曇っていた顔がパッと明るくなった。

「大丈夫どころか、すごく楽しかった。自分でもびっくりしてるよ。ああいう場であんなに楽しめたなんて、初めてで」

「結構大勢と話せてたみたいだな」

「颯真君がスタッフさんたちに紹介してくれたんだ。みんないい人で。ルシアさんたちともいつもよりたくさんしゃべれて。今日僕、人生史上一番笑ったかもしれないよ」

「そうか。よかったな」

こぼれる笑顔に、アーロンの口もともほころぶ。

「それとね、颯真君から誘われたんだ。年明けから颯真君の会社で働かないかって。スタッフさんもみんな、ぜひにって言ってくれて……びっくりしたよ。僕なんかがそんなふうに言ってもらえるなんて」

「いい話じゃないか。前向きに考えてみろ」

「出雲君は、大丈夫だと思う？　僕に務まるかな……」

不安げに見上げてくる顔に、しっかりと頷いてやる。

「大丈夫に決まってるだろう。自信を持て。颯真のところなら新出発も安心だ。あまり気負わずに肩の力を抜いて、少しずつ前に進めるだろう」

「うん、そうだよね。前向きに、ちゃんと考えてみる」

白雪は意を決したように深く頷く。殻を破って大きな一歩を踏み出そうとしているその笑顔は、月明かりに輝いて見える。

空を見上げた。冴え冴えとした月は静かに二人を見守っている。

「いよいよ明日だな」

「うん。明日だね」

明日の夕方五時に始まる音楽会が終われば、アーロンはその足でエドナ国に発《た》つ。行ったきりになることはないにしても、こうして二人で話をすることはもうなくなるだろう。

こんな近くで白雪と話すのも、きっとこれが最後になる。

そう思ったら唐突に湧き上がってきた切なさを、アーロンはかろうじて抑えこんだ。

「何か、今から緊張してる。みんなといるときは忘れていられたけど……。僕たち本当に明日、ステージに立つんだよね？」

夢なのではないかと言いたげに、白雪は問いかけてくる。

「何も心配しなくていい。リハーサル通りにやればいいんだ。もしおまえに何かあっても颯真と俺がフォローする」

「タンバリンは用意してくれた？」

「ああ、バッチリだ」

二人して笑った。やや硬かった白雪の表情がやわらぐ。

「そうだな、それでも緊張しそうになったら……ちょっとそれを貸せ」

アーロンは白雪のボディバッグについたマスコットを指した。観覧車のアクシデントの詫びに彼が売店で選んだ、ブルータイガーの人形だ。白雪が不思議そうな顔ではずし差し出すのを受け取り、アーロンは大真面目な顔で人差し指を立てる。

「いいか、ここだけの話だが、このブルータイガーのマスコットにはパワーが宿ってるんだ」

「えっ、パワー？」

「そうだ。エドナ国では常識だが、ニホン国の人間には秘密になっている。こうして、両手で握ってみろ」

アーロンは人形を両手で挟むように握ってみせてから、白雪に返す。受け取る白雪は戸惑っている様子だ。

「ど、どんなパワーがあるの……？」

「気持ちが落ち着く。どんなことがあっても大丈夫だって気になる。効果はてきめんだ。うちの売店じゃ普通に売ってるが、あっちの国では特別な人間しか手に入れられない魔法のアイテムだぞ」

もちろん大嘘だ。素直な白雪は目を大きく見開いて「そんなすごいものだったの！」とびっくりしている。笑ってしまいそうになるのをこらえながら、「論より証拠だ。ほら、試しに握ってみてくれ」と促した。

白雪はそっと両手に人形を包み、祈りをこめるように目を閉じきゅっと握る。

「……どうだ？　落ち着いてきただろう」

「う、うん……あ、何かじわじわ……本当だ、肩の力が抜けてきた。すごい！」

どうやら暗示にかかりやすいタイプのようだ。白雪はぱっちりと目を開けると感動した声を出す。

「明日も、不安になったらそれを握ってろ。効果はすぐに表れる」

「うんっ」

「しかもだ、そのパワーは半永久的に続く。一度使えばなくなるなんてことはない。これからおまえが不安になったときはいつでも、そうやって握ってみろ。なんてことない、大丈夫だって気になる」

「強い味方だね」

「ああ、一生おまえの味方になってくれるはずだぞ。ただし、このことはくれぐれも内緒だ。誰にも言うなよ。知られたら売店に人がなだれこむ」

片目をつぶるアーロンに白雪はアハハと声を立てて笑ってから、マスコットを胸に当て、

「出雲君……ありがとう」

と、本当に嬉しそうに言った。

急に胸が引き絞られ、苦しくなった。抑えこんでいた切なさが溢《あふ》れ出してしまいそうになる。

はにかむように微笑む白雪から無理矢理視線をはずし、アーロンは空を見た。

だから、二人にならないようにしていたのだ。こんなふうに苦しくてたまらなくなるから。こんなふうに、愛しくてどうしようもなくなってしまうから。

「あの……何か話があるって……？」

「ああ。おまえも？」

「う、うん……。あ、だけど出雲君からでいいよっ。君から話して」

白雪があわてたように両手を振って、どうぞと譲ってきた。

彼の顔が曇るのはわかっているので言いたくはなかったが、言わないで行くわけにはいかない。これまでのように彼のそばにずっといることはこの先できなくなるが、せめて最後まで誠実でありたかった。

「白雪……俺はおまえに、謝らなきゃいけない」

「え……」

「これからもこの国にいると言ったことだ。あれから、自分の将来について少し考えてみた。新しいドリームランドが軌道に乗れば、ここでの俺の役目は一区切りつく。新たな道を探してみてもいいかと思うようになった」

返事はない。一人分の空間を空けた隣から、硬くなった気配が伝わってくるだけだ。

「明日音楽会が終わったら、一度エドナ国に行ってみようと思ってる。自分がどれだけ必要とされているのか、これからの俺の居場所がはたしてありそうなのか、それを確認してきたい」

息を呑むような気配があり、微かに震える小さな声が続いた。

「そのまままもう……帰ってこないの……？」

「いや、そうはならない。仮にあっちに籍を移すとしても、仕事の引継ぎや移住の準備もある。どのくらいの滞在になるかはわからないが、また戻ってはくる」

沈黙が下りた。

隣を見る。白雪は俯いたままじっとしていた。その唇はほのかに微笑んでいたが、それは動揺を抑えようと無理して作っている微笑なのだとわかった。膝の上に置かれた彼の両手が、節が白くなるくらいしっかりとマスコットを握っているから。

「そう……そうか。うん……やっぱりね。本当はなんとなくね、そうなると思ってたんだ」

白雪は自分を励ますようにしっかりした声で言って、アーロンを見た。必死で平静を装おうとしているのがわかってしまい胸が苦しくなったが、目をそらしてはいけないと思った。

「出雲君ほどの人を、エドナ国の王様は放っておかないに違いないって。ルシアさんやダンスチームのみんなからも、あちらの国の人たちは全員君の帰国を待っているって聞いて

たし。それに何より出雲君のためにも、そのほうがいいってわかってた」

「白雪……」

「この国ではやっぱり、出雲君たち獣人は生きていくのだけでも大変だって思う。差別感のない人ばかりとは到底言えないし……出雲君はいつも堂々としてるけど、つらい思いもいっぱいしてきたんだろうなって。……でも、エドナ国に帰ればこれまでよりずっと生きやすくなるし、いろいろなことに挑戦できるよね、きっと」

しっかりとマスコットを握る両手が震えているのに気づき、たまらなくなる。その手を上から握って震えを止めてやりたいが、できない。彼を今こんなにも不安にしている当人である自分に、そんな資格はない。

「つらいなんてことはなかった。おまえや颯真と知り合えて、一緒にちょっとしたやりがいのあることもできた。おまえたちには感謝してる」

「こちらこそ。出雲君には感謝しっぱなしだよ。それこそ、高校のときからずっと……ずっとだよ。本当に、ありがとう」

細められる瞳が潤んでいるのに気づいてしまい、さすがにもう見ていられず一瞬目を伏せる。湧き上がる未知の感情に飲みこまれてしまいそうだ。

彼が想いを寄せているのが来栖なのか、自分なのかなんてもうどうでもいい。おまえが愛しいと告げ、抱き締めて自分のものにしてしまいたい。

溢れ出しそうになる激しい衝動を、しかしアーロンはかろうじて抑えつけた。

（冷静になれ……）

そして自分に言い聞かせる。すべきことはこれまでと同じだ。白雪にとって、どうしてやるのが一番いいのか、冷静な頭で考えることだ。それが、アーロンが彼に対してしてやれる最後のことなのだ。

もしもここで彼を抱き締め想いを告げ、それで仮に受け入れてもらえたとしても、エドナ国には連れていけない。この国と同じようにエドナ国でも差別は厳然としてある。繊細な白雪を、自分が受けてきたような偏見の目にさらすわけにはいかない。

だがこの国に残ったとしても、獣人で同性である自分と特別な関係になることは、彼にとってはおそらく針のむしろだ。

――お父上様や私のような獣人ではなく、むしろお母上様のほうが周りの方々からつらく当たられておられましたよ。

トニオの言葉がよみがえる。他人の冷ややかな好奇の目に怯え苦しい思いをしてきた白雪が、今やっと笑えるようになったのだ。その笑顔を、まさか自分が奪うわけにはいかない。

別れはつらい。だがそれはきっと一時のことだ。今の白雪の周りには彼を助け、手を差し伸べてくれる人間がちゃんといる。寂しいのも少しの間で、すぐに笑顔を取り戻せるだろう。

無理をして微笑む顔を見ていたら、感情にまかせて余計なことを口にしてしまいそうだった。アーロンは秘かに拳を握り表情を整える。

「それで、おまえのほうの話っていうのは？」

「え……？　あ、ああ、それは……」

微笑みが一瞬だけ泣きそうに歪《ゆが》んだ。

「あ、あの、明日はがんばろうねって、それだけ」

あわてて言いつくろう顔を見れば、何か違うことを話そうとしていたのは明らかだった。

だが彼が言葉にするのをやめた以上、それはもう聞かないほうがいい気がした。

白雪はすばやく目もとを拭うと、ほうっと息を吐き空を見上げた。

「観覧車……出雲君明日行っちゃうんじゃ、もう乗れないね。最後に、二人で乗りたかったな」

明るい声を出しながらも、無意識にか両手はすがるようにマスコットを握り締めている。まるで握られているのが自分の心臓のように、痛みが止まらない。

二人で初めてゴンドラに乗ったときのことを思い出した。

小さな箱の中で向き合い、何周したのかわからなくなるほど時間を忘れて話をした。ゴンドラを降りるときには彼は俯かず微笑んでいて、ありがとう、本当にありがとう、と繰り返した。

戻れるものならあのときに戻りたい。何度でも時を巻き戻して、再会の喜びに浸っていたあのときに……。

白雪が笑顔でいてくれるなら、どんなことでもしてやりたいと思っていた。だがもうアーロンが彼のためにできることは、最後にいい思い出を作って背を押し、送り出してやることだけなのだ。

それ以上言葉を交わすことはなく、二人は月を見上げていた。間に空いた一人分の空間は結局縮まることはなかった。


翌日はまるで神の祝福を受けたかのような素晴らしい晴天になった。音楽会も森林公園も天候によっては客足が遠のくことが予想されたので、ドリームランドにとってはこれ以上ない幸先のいいスタートとなった。

九時の開園と同時に森林公園のゲートも開かれた。驚いたことに園の前には時間前から入園希望者の短い列ができていて、こんな嬉しいことは何年ぶりでしょう、とトニオは目頭を押さえて笑った。

並んでいた人の目当てのほとんどは今日が運行最終日の観覧車だったが、朝の散歩の途中で寄ってみたという森林公園目当ての客もいた。観覧車の前には最後に願いを託したい人の列ができ、森林公園に向かう人は途中で目に入る野外劇場にも興味を示してくれた。

「園長、これはもうすでに成功と言ってもいいですな！」

時間とともに増えてくる森林公園の入園者数を数えながら副園長が声を弾ませた。彼と並んで、公園から出てくる人の反応を確かめていたアーロンも頷く。

ウォーキングスタイルの老夫婦。一人でふらっと立ち寄った風情の若い女性。カメラを首からかけた中年男性。皆自然に癒された者に共通の満ち足りた笑顔になっている。ちょっとした迷路風のコースになっているのも楽しんでもらえているようだ。子ども連れの獣人家族などは、音楽会は何時からかと聞いてくれた。

「チラシの効果もありましたぞ。何人ものお客様に音楽会の時間を聞かれましたから」

「そうか？　俺はまったく聞かれてないが」

「それはまぁ、園長より私のほうが声をかけやすいのでございましょう」

トニオは苦笑し頭をかいた。確かに強面で近寄り難い雰囲気のブルータイガー獣人のアーロンより、愛嬌《あいきょう》のあるキツネ獣人のトニオのほうが聞きやすいのだろう。すでに何人かの来園者と顔見知りになっているらしいトニオを見ていると、この先何があろうと彼に園を任せていれば安心だと確信できた。

森林公園のほうはどうやらいい結果になりそうだが、問題は音楽会だ。スタッフの手も借りてチラシも相当枚数配ってきたが、どのくらいの人が集まるかはまったくの未知数だったのだ。

だが、その心配は杞憂《きゆう》に終わった。

アクシデントがないかどうかアーロンが森林公園内の見回りをしていたとき、来栖が駆け寄ってきた。

「いたいた！　おいアーロン、まずいぞ！」

音楽会の開始時間はちょうど日が暮れる夕方五時の予定だったが、時計を見るとまだ三時過ぎだ。

「どうした颯真、何かあったかっ？」

来栖と白雪には野外劇場のほうを任せていたのだが、ただならぬその様子に緊張が走る。

深刻な表情だった来栖が一転破顔した。

「予想外の展開だ！　客席が早くも埋まり始めてる」

「何っ？」

最終的に百人座れる客席の八割埋まれば上々だろうと思っていたのだが、まだ開演二時間前だというのにもう人が入っているというのか。

「本当に音楽会目当ての客か？　休憩してるだけじゃないのか？」

「違うって！　お客さんみんな、早めに来て席を取ってるんだよ。とにかく、あのペースだと全然椅子が足りない。さっき取引先のリース会社にパイプ椅子を至急持ってきてくれるように頼んだから、ぎりぎりまで並べよう。あとはもう立ち見だ。いいよな？」

おまえも手伝え、と肩を叩く来栖についていて野外劇場にとって返す。ちょうどトラックに積まれた山盛りの椅子が届いたところで、スタッフが手を上げて二人を呼んでいる。

「社長！　園長！　人手が足りません！　他のスタッフは観覧車の行列整理に回ってもらってて、ルシアさんたちはまだ来てなくて……」

今動けるのはその場にいるスタッフ二人と、そわそわと不安げにしている白雪だけだ。園の従業員も今日は各アトラクションに回っていて余力がない。そうこう言っている間にも席は徐々に埋まっていく。

「とにかく、俺たちだけで出せるだけ出そう。白雪、大丈夫か？」

「う、うん！」

本番前でただでさえ緊張しているだろう青白い顔がしっかりと頷く。

一番力のあるアーロンがトラックに山と積まれた椅子を下ろそうとしたとき……。

「アーロン殿下、どうやらお困りのご様子でございますな」

エドナ国の家老が立派な顎鬚《あごひげ》をいじりながら、四人の屈強なオオカミ獣人兵士を従えて現れた。

「イゴール！　来ていたのか」

「ルシア姫様の護衛でございますよ。姫さまに何かありましては、皺腹《しわばら》を切って陛下にお詫びせねばなりませんからな。こういった場にお出ましになられることをお止めできなかった私の責任ですゆえ」

「悪いが見てのとおり忙しい。おまえの嫌みを聞いてる時間はないんだ」

「これ、おまえたち」

軽く睨むアーロンを無視して、イゴールは背後の従者たちを振り返る。兵士たちは恭しく敬礼すると一斉に進み出て、トラック上の椅子に手をかけどんどん下ろし始める。

「おいっ？　イゴール？」

「以前こちらに伺いましたときよりずいぶんとましになりましたな、ここは」

一体何を、というアーロンの視線を素知らぬ顔で流し、イゴールはステージから客席までをぐるりと見渡して、いつもと変わらぬ厳格な口調で感想を述べる。

「あの荒れ果てた状態を目にしましたときは、あなた様のご両親様のおとぎ話のような夢も虚《むな》しく終わられたのだと感じましたが、今日の景色はまた違うようです」

いつも仙人のように悟りきっている老臣の目が、少しだけ細められた気がした。

「おとぎ話の夢の続きを、せっかくですので私も拝見させていただきたいと思いましてな。ただ、最近は歳のせいかどうも目が利きませぬ。私でも見える席を、一席ご用意いただけましたら幸いですが」

人間と肩を並べて席に座り庶民向けの音楽会を鑑賞するなどと、以前の彼には考えられなかったことだ。思わず笑いを漏らしてしまうと、イゴールは厳《いか》めしい顔で咳払いをした。

「殿下」

「ああ、承知した。特等席を用意する。おまえの従者たちにもな」

「アーロン様、我々は会場警備のお手伝いをさせていただきます！　そのようにイゴール様より申しつかっておりますので」

兵士のリーダーらしい男がビシッと敬礼すると、イゴールはあわてたように「これっ」と遮った。めったに見られない老臣の狼狽《ろうばい》ぶりに、アーロンはこらえきれず声を立てて笑ってしまった。

頼もしいオオカミ獣人兵士たちの協力のおかげで、開演一時間前には椅子をすべて並べ終えることができた。その間にも観客は見る間に増えていき、八割の入りどころか席は予備のパイプ椅子まであっという間に埋まってしまった。

客は七対三の割合で人間が多く、指定したわけでもないのにステージに向かい右が人間、左が獣人というように自然に分かれていた。だが狙いどおり年齢のほうは様々で、老若男女がバランスよく来てくれた印象だった。

町で毎年末に開催されていた祭りが、数年前からなくなったというのも影響しているのかもしれない。仕方ないと諦めながらも、皆こういったイベント事を恋しく思っていたのだろう。

観客のほうはすでに準備万端だが、楽屋では思わぬアクシデントが発生していた。白雪がいつのまにかいなくなっていたのだ。椅子を並べ終えた後、気づいたら姿が見えなくなっていた。

開演まであと三十分。ルシアたちも来栖も楽屋でスタンバイしている。皆心配し、全員で捜そうかというのを止めて、最終チェックを彼らに任せアーロンが一人で捜しに出た。アーロンは鼻が利く。それに、白雪の匂いや気配にいち早く気づける自信があった。

(白雪……どこに行ったんだ……っ)

森林公園から観覧車のほうまで回ってみたが、その姿はない。

もっと気遣っていてやるべきだったと今さらのように後悔する。あれだけ満員の観客を見てしまっては、繊細な彼が動揺しないはずがない。もしやステージに上がるのが怖くなり逃げ出してしまったのではと思いかけ、すぐに否定した。

そんな無責任なことを今の彼は絶対にしない。この半年で見違えるように変わったのだから。

ザッと園内全体を見て回って戻ってくると、覚えのある優しい花の香りが微かに漂ってきた。目を向けると楽屋裏の木立の陰にうずくまった背中が見えた。安堵で全身の力が抜ける。

「白雪！」

白雪は振り向かない。しゃがみこみ、何かを捜しているようだ。

「白雪、どうした？」

近づき、驚かさないように声をかける。ハッと振り向いたその顔は真っ青で、今にも泣
き出しそうだ。

「な、ないんだ……朝はちゃんと、バッグについてたのに……っ」

なんとか言葉をつむぐその唇は震えている。

「何がない？　大事なものか？」

「ま、魔法の……トラ君……」

かすれ声が訴える。ブルータイガーのマスコットのことだろう。気持ちを静めるために
握ろうと思ったら、なくなっていたのかもしれない。

「ど、どうしよう、出雲君っ……僕あれが、ないと……っ」

白雪の目は必死だ。心を平静に保っていてくれたアイテムがなくなって、緊張が頂点に
達しパニックに陥っているようだ。

どうする。今から売店に走って同じものを取ってくるか。いや、それでは間に合わない。

「本当に、どうすれば……あんなに、お客さんが来て……っ。う、うちの家族も来てるし、近所の人たちも……っ。み、みんな僕のこと、知ってるんだ。僕が、ひきこもりの息子だって……」

「白雪、落ち着け」

アーロンの声が耳に届かないのか、白雪は浅く速い息をしながら目を泳がせている。

「しゅ、就職して、うつになって辞めて、情けない顔して帰ってきたこと知ってるから、きっとみんな僕を見るよっ。そ、それで、失敗したら、また……っ」

「白雪っ」

「出雲君や颯真君やルシアさんたちに、迷惑かけてっ。あ、あんなにみんなでがんばってきたのに、全部僕が、ぶち壊しに……っ！」

遮るように引き寄せ、抱き締めた。ブルブルと震えている背中を労るように優しく撫でてやる。

「大丈夫……大丈夫だ。何もかもうまくいく」

心にまで届くように耳もとで繰り返す。二人のいる場所まで届いてくる観客のざわめきが聞こえないように、そっと耳を両手で覆ってやる。

「ゆっくり息を吐いてみろ。ゆっくり……そうだ」

アーロンの声は聞こえるようで、白雪は言われるままに深く、ゆっくりと息を吐く。体の震えが次第に治まってくる。

「出雲、君……」

「おい、どうした？　何が怖い？　俺がここにいるだろう。颯真もルシアたちも、みんなおまえの味方だ。何も怖いものなんかない。そうだな？」

うん、と小さな声がし、白雪はコクコクと頷く。

「ご、ごめ……僕、逃げたんじゃないんだ……さ、捜してて……」

「わかってる。あれがないと不安だったんだろう？　俺だけじゃなくみんなそれはわかってるから、何も心配するな」

アーロンは白雪の耳からそっと手をはずすと、今度はその両手を取った。極度の緊張で冷え切っている。

「白雪、俺の手を握れ。マスコットの代わりに」

「え……？」

驚いたような瞳が上げられる。

「俺は本物のブルータイガーだぞ。あんな人形なんかよりずっと霊験あらたかだ。ほら、早くしろ。特別に握らせてやる」

笑いながら言って手を差し出す。白雪の白い両手がおずおずと触れてきて、アーロンの手を包むようにきゅっと握った。強張っていた表情がだんだんと和らいでくる。

「出雲君の手……あったかい。それに、ふさふさしてる……」

人間と同じ長い指はあるが甲は虎の毛でおおわれているアーロンの手。白雪は何度も撫でたり握ったりを繰り返す。

「どうだ？　パワーが伝わるだろう」

「うん……落ち着いた。出雲君はすごいね」

そう言った口もとには安らいだ微笑みが戻ってきている。

「白雪……おまえの家族も近所の人も、おまえが楽しそうにピアノを弾いているのが見たいだけだ。要は、応援したくて来てるんだぞ」

「応援……？」

「そうだ。だから安心して弾け。客席におまえの敵はいない。失敗しても、笑うヤツも責めるヤツもいない。みんな一緒に楽しみたいだけだ。わかるな？」

「う、うん」

「それと、ステージの間中パワーは持続するから安心していろ。怖くなったら俺を見ろ。俺の手の感触を思い出せば、きっと落ち着ける。……大丈夫だな？」

「うん、もう平気。本物のパワーがすごく利いてくれた」

しっかりと頷き、白雪はアーロンの手を離す。

「出雲君、ありがとう。これから先ずっと、何かあったときは僕、君の手を思い出すね」

一生のお守りだ、とつけ加えたその目はどことなく寂しそうな色をたたえていた。思いがけない最後の触れ合いが、アーロンの手にも消えないぬくもりを残してくれた。

しばし言葉なく見つめ合ってから、白雪はハッとしたように時計を見る。

「わっ、どうしよう、あと十五分だ！」

「いよいよだな。行けるか？」

「うん！」

勢いよく背を叩き、二人並んで楽屋へと向かう。おそらく生涯の思い出になるだろうステージが、間もなく幕を開ける。

午後五時ジャスト。日没で暗くなりはじめた観客席は期待感に満ちている。

ステージが昼間のような眩《まばゆ》いライトに照らされると、待ちかねた客たちから拍手が起きる。

軽快なリズムに乗って、華やかな衣装を身に着けた美しい獣人のダンスメンバーがステージに現れると、客席の獣人たちからワッと歓声が湧いた。

人間たちの反応は様々だ。若く美しい獣人女性を目にする機会のなかった人々は、ポカンと見つめたり、戸惑ったりしている。

けれど流れる音楽は、誰でもよく知っていて口ずさみたくなる楽しい流行歌だ。笑顔のルシアが綺麗なよく通る声で、客に手拍子を求める。みんな一緒に歌って！　と声をかける。

獣人はもちろん、人間たちの間からも手拍子が起こり始める。最初はまばらに、しかしだんだんと会場中に広がり、盛り上がっていく。

来栖のキレのあるギター。

アーロンの深みのあるサックス。

そして、白雪の癒しのピアノ。

三つの音が綺麗に合わさり、人々の耳に心地よく響く。

我に返り大勢の人の注目を意識してしまったとき、白雪の手は動揺でピタリと止まる。そんなときは、用意してあったタンバリンをシャンシャンと鳴らす。

演出と思ってか客は喜び、それに合わせて手拍子も大きくなる。白雪の顔にはすぐに笑いが戻る。

バラバラだった手拍子は次第に一つになり、歌声が重なっていく。

椅子から立ち上がり、ダンスメンバーと同じステップを踏む者が現れる。一人二人と増えていって、その周囲では楽しそうな笑いが弾ける。

子どもも、若者も、老人も、皆笑顔で手を叩く。

厳めしい顔をして最前列に座っていたイゴールも、隣の席の人間の子どもに腕を引っ張られ、なんともいえない複雑な表情で手を打ち始める。

いつしか席がばらけ、獣人と人間の境目が曖昧になる。皆が声を合わせ、同じ歌を歌い、踊る。

ああ、この光景だ、と、客席を見ながらアーロンは思う。

これが、両親の見たかった景色に違いない。人種間にあった透明な壁が、今この劇場ではまったくなくなっているのだ。まるでこの場所だけが周辺の冷たい世界から切り取られ、神が祝福する楽園に変えられたかのように。

一時間半という時間をこんなに短く感じたのは初めてだ。音楽会はいつのまにか最後の曲を迎えようとしていた。

「楽しかった音楽会も、あっというまにラスト一曲になっちゃいました！　この曲はオリジナルで皆さんの知らない曲だけど、簡単に覚えられるから一緒に歌ってくださいね！」

すっかり観客の心をとりこにしてしまった可憐な獣人王女が手を振ると、会が終わるのを惜しむ客たちから残念そうな声と拍手が起こる。

「この曲を作ったのはね、私たちの大切な仲間、ピアノ担当の白雪海音君なんですよ～！　海音、曲についてちょっと一言お願いできるかしら？」

アーロンはギョッとした。予定にないまったくのアドリブだ。

来栖を見る。首を横に振り、俺も聞いてないと苦笑している。

どうぞ、とルシアに差し出されたマイクを、あわてて立ち上がった白雪が呆然と受け取る。何が起こっているのかまだ理解できていない表情だ。

アーロンは息を詰める。これほど緊張するのは生まれて初めてかもしれない。園長挨拶を、と自分が振られたほうがよほどましだ。

観客の視線を受け止めきれなくなった彼がパニックを起こしそうになったら、すぐに飛んで行ってマイクを取り上げようと決めたとき、

「あ、あの……」

白雪が口を開いた。

「きょ、今日は、あの、あ、ありがとう、ございます。え、えっと……」

続く言葉が出てこないようで、おろおろと視線を移ろわせる。すがるような目がアーロンに向けられた。アーロンはゆっくりと頷いてやる。

(大丈夫だ。パワーの効果は持続してるぞ。おまえは守られてる)

思いが伝わったのか、白雪も頷いた。

「この、最後の曲には、『陽だまり』っていうタイトルをつけました。陽だまりっていうのは、僕にとって、ここにいる仲間たちのことです」

途中少し詰まりながらも話し出した彼を見て、肩の力が抜ける。がんばれ、と心の中で

エールを送る。

「仲間といるこの場所は、僕がやっと見つけた、温かくて居心地のいい居場所です。えっと……人間とか、獣人とか、そんなの関係なく、僕にも大切な仲間ができました。このドリームランドが、今日の音楽会をきっかけにして、皆さんにとってもそういう、陽だまりみたいな、場所になっていくといいなと、思います。……す、すみません、うまく言えなくて……ありがとうございました」

ペコリと頭を下げる白雪に、シンとしていた客席からパラパラと拍手が起こった。それは次第に大きな音になり、天使の羽ばたきのように彼を優しく包む。

思いがけない大拍手にびっくりして顔を上げた白雪が、もう一度アーロンのほうを見た。やったな、と親指を立ててやる。見たかった笑顔がこぼれた。

観客席のどこかにいる白雪の家族も、今の彼の言葉を聞いていてくれただろうか。彼にも居場所ができたことを、きっと喜んでいるに違いない。

ルシアがマイクを引き取り白雪がピアノの前に座る。もう、タンバリンは必要ない。

流れるような指が前奏を弾き始めると、会場中がそれこそ陽だまりに包まれたような優しさに満ちる。

ルシアのリードで観客も皆、一緒になって歌う。明るいステージから見下ろすと、客席のどこまでが人間でどこまでが獣人かはまったくわからない。

今はもう、全員が一つになっていた。

予定にはなかったのだが熱烈なアンコールに三度も応え、音楽会は大成功のうちに幕を閉じた。観客は皆興奮冷めやらぬ様子で満足げに会場を後にした。帰り際にアーロンたち出演者に礼を言っていく人や、握手を求める人、次回の公演はいつ？　と聞いていく人も大勢いた。

達成感に満ちたハイテンションのまま会場を片づけ、アーロンが差し入れた飲み物でスタッフも含めた全員で祝杯を上げた。こんなに好評だったのだから絶対またやろうと約束し合って、別れを惜しみながら解散した。

ルシアたちはイゴールらとともに一足先にエドナ国へ帰っていき、アーロンは園を閉めてから単身で発つことにした。

来栖と白雪は二人で食事に行った。アーロンも一緒にと誘われたのだが断った。来栖がその席で、白雪に交際を申しこむつもりだと知っていたからだ。

二人には、今夜エドナ国に発ちこちらに戻ってくるのがいつになるかは未定だと言ってある。帰ってきたら必ず連絡しろよと来栖に念を押されたが、アーロンは当分は戻らないつもりでいた。園のほうはアーロンがいなくとも、トニオがしっかりと回してくれるだろう。

エドナ国に行ってすぐにやりたいことが見つかるかはわからないが、環境が変わればまた興味が出てくることもあるだろう。そして何より白雪のことを普通の友人として見られ、来栖と彼が恋人になるのを心から祝福してやれる心持ちになるまでは帰らないつもりだった。

(そんな日が、本当にいつか来るのか……?)

静まり返った無人の園内を見て回りながら、アーロンは考える。

それじゃ、と別れ、来栖に促され去っていくとき、一瞬振り向いた白雪の顔がよみがえる。

アーロンがすぐには戻ってこないことを知っているかのような顔。二人だけで話すことはもうないだろうことも理解している顔。

寂しさをこらえるように引き結ばれた唇がそれでも微笑みを作っていたのは、アーロンに心配をかけたくないという気持ちからだろう。

胸の奥に微かに兆した疼きを追い払うように、アーロンは首を振る。

森林公園は大勢の来園者を迎えることができ、音楽会は大成功に終わった。両親が願ったそのままに、これからはこの園が町の人たちの交流の場としての役割を担っていけるかもしれない。

アーロンは大きな務めを果たしたのだ。それなのになぜ、こんなにも満たされない気持ちでいるのだろう。

園内を一周し、観覧車の前に立った。今日は閉園時間まで乗客が絶えず、いつにも増して派手な音をさせながら最後までがんばってくれた観覧車。今は冴え冴えとした月光に照らされ、やっと訪れた静かな眠りについているように見える。

乗降場所にはちょうど青いゴンドラが停まっていた。近づいてみると、車体にマジックで書きこまれたたくさんのメッセージが月の光に浮かび上がる。今日で最後ということもあり希望者にペンを渡し、観覧車のどこでも好きな場所に自由に書きこみをしてもらったのだ。

──ありがとうございました。

──おつかれさま！

そんな温かいメッセージの数々を改めて見ると、この古びた観覧車が想像以上に大勢の人に愛されていたことが伝わり、アーロンの口もともほころぶ。

ゴンドラの中に入り、座ってみた。両側の壁、椅子、天井に至るまで様々なメッセージが溢れている。礼やねぎらいの言葉に加え、想いをこめて託された最後の望みもたくさんあった。

このゴンドラに乗ったら願いが叶ったという人が多くいたのは、単なる偶然ではないのかもしれないと今は思う。きっとそれは不思議な奇跡でもなんでもなく、願う人間の信じる気持ちが強くなったからなのだ。青いゴンドラに乗ったのだから必ず叶うと信じ、それまで以上にがんばれた。その結果なのだろう。

向かいの席を見る。二人でこのゴンドラに乗ったとき、ちんまりとそこに座っていた白雪の姿が思い浮かぶ。

――自分が変われるきっかけになればいいなと思って。

まだどこか硬さの残る自信なげな顔で、白雪はそう言っていた。

(おまえの願いも叶ったな……)

ここ半年で頻繁に見られるようになった彼の笑顔がよみがえってきそうになり、アーロンはその面影を振り払った。

いつまでも感傷に浸っていても仕方ない。気持ちを切り替えなくては、と腰を上げかけたとき、

「……?」

向かいの席の下に何かが落ちているのが目に入った。手を伸ばし拾い上げる。チェーンの部分が切れたブルータイガーのマスコット……おそらく白雪のものに違いない。

(あいつ……乗りに来てたのか)

楽屋入りする前に、きっと彼はわざわざ並んで観覧車に乗ったのだろう。自分が変わる

手助けをしてくれたこの青いゴンドラを、最後に懐かしもうと思ったのかもしれない。

――最後に、二人で乗りたかったな。

噴水脇のベンチでそっとつぶやかれた願い。結局叶えてやることはできなかった。

白雪が座っていたのだろう向かい側の席に移る。そちら側にもたくさんの字で、たくさんの願いが綴《つづ》られている。

――家族が健康でいられますように。

――宝くじが当たりますように。

――自分の店が持てますように。

そして……。

見知った文字を見つけハッとしたアーロンが顔を寄せようとしたとき、ポケットの中で携帯電話が着信を知らせた。『来栖颯真』の表示に思わず目を見開く。

『アーロン、今どこだ？　まさかもうエドナ国か？』

「いや、まだ園にいる。最終見回りをしていたところだ」

『そうか、よかったー』

来栖が心底ホッとした声を出した。

「どうした？　白雪と食事中じゃないのか？」

別れてからまだそれほど時間は経っていない。考えないようにはしていたが、今頃二人でこれからのことを語り合っているだろうと漠然と想像していた。

電話の向こうから苦笑する気配が伝わる。

『結局、食事はしないで別れたよ。振られたんだ』

「な……っ」

アーロンは言葉を失う。

『俺が今日告白しようとしてたの、海音も感じてたんだと思う。好きな人がいるからって、先にはっきり言われたよ。その人のことが多分一生好きで、忘れられないからってさ』

寂しさを感じさせる声だがひどく落ちこんではいない。電話の向こうで、おそらく来栖は唇をほころばせている。

『実は俺も薄々わかってたんだ。彼に好きな相手がいて、それが誰かってことも。ただその相手が、自覚がないのか自信がないのかわからんが、なかなか煮え切らないしょうもないヤツで……だったら俺がもらうぞと思ったわけだけど』

「颯真……」

『アーロン、海音はおまえのことが一生好きだってさ。まったく……世間の目が怖くて他の国に行っちまおうとしてるようなヤツのどこがいいんだって思うけど……それでも、おまえがいいんだってよ』

「俺は……っ」

声がかすれる。

白雪の幸せを第一に考えていた。自分よりも来栖の方が彼を幸せにできると思った。自分にとって大切な存在である二人が笑顔で居心地よく暮らしていけるのなら、自分もまた笑顔でいられると思っていた。

(それが、間違ってたっていうのか……っ)

首を振り視界に入った、先ほどのメッセージに目が引きつけられる。白雪のものに間違いない細い線の丁寧な字で、最後の願いが綴られている。

――音楽会が成功しますように。

そしてその下に、それより小さな字でもう一つ、何か……。

暗くてよく見えない。目を凝らす。

『わかってるよ。おまえが俺と海音のことを思って、身を引こうとしてることは。だけどな、本当にそれが俺たちのためになるのか? なぁアーロン、もう一度考えてくれ。今度は俺たちじゃなくて、おまえ自身がどうしたいのかを』

雲に隠れていた月が顔を出す。文字が再び浮かび上がる。

一度書いてはみたが、こすって消そうとしたのかもしれない。ひどく薄れかすれてしまっているメッセージが、アーロンの心に直接刺さってきた。

――好きな人が戻ってきますように。ずっと一緒にいられますように。

無理矢理心の奥に押しこめた白雪の笑顔が次々とよみがえってくるのを、もう抑えることができなかった。

どんなに心が揺らされようと、いつだって冷静でいようとしていた。感情に流されると得てして誤った選択をし、不幸になってしまうから、と。

だが人間は機械ではない。計算どおりにいかないこともあるし、ときには愚かな選択もしてしまう。

けれどどんなに愚かでも、馬鹿だったと反省することになっても、大切なものを失ってしまうよりはずっといい。

そんな単純で大事なことが、今になってやっとわかった。

「颯真……おまえに、謝らせてくれ」

電話の向こうから驚く気配が伝わった。おそらく自分は今、初めて聞かせるようならしくない声を出しているのだろう。冷静さをかなぐり捨て感情をあらわにしたような、そんな声を。

『謝るな。みじめになる』

来栖が笑う。

『ついでに教えてやるよ。海音は忘れ物があるとか言って、園に行ったよ。それは口実で、思い出に浸りたいだけかもしれないけどな』

「そうか……。颯真、俺とおまえはこれからも親友か？」

『馬鹿、当たり前のことを聞くな』

少し怒ったような返事と、笑う気配が届いた。自分の背を押してくれようとする友の温かい笑顔が見えるような気がした。

「感謝するぞ。それと、あいつのことは心配しないでくれ。これからは、俺が必ず守る」

『これまでもずっと、彼のことはおまえが一番そばで守ってきてただろ。俺が敵うと思うほうが無謀だったよ。……もう切るぞ。おまえはとっとと海音を捜しに行け』

見えない手で背を強く押され、通話を切ったアーロンはゴンドラを降り駆け出した。


門衛に聞くと、白雪は十分ほど前に園内に入っていってまだ出てきていないということだった。『忘れ物』というのが本当なら事務所か楽屋に寄るはずだ。事務所が無人であることを確認してから、アーロンは野外劇場へと向かう。

急《せ》かされるように全力で走るのはいつぐらいぶりだろう。男が落ち着きを失いバタバタと駆けたりするものではないと、子どもだったアーロンを叱ったのは父ではなく祖父だった。王子としてしつけられたときのそんな数々の教えが知らず知らず身について、いつしか感情を抑えることが普通になってしまっていた。

けれど大事なものを手に入れるためなら、時にはこうしてなりふり構わず走ることも必要だ。これまでの恰好《かっこう》つけすぎていた自分を思い返し、駆けながら笑いが漏れてくる。

そう、最初からもっと心のままに動けばよかったのだ。

高校のとき音楽室の窓から声をかけ、もっと聴かせてくれと言えばよかった。おどおどと目を合わせない彼を捕まえて、怖くないから避けないでほしいと言えばよかった。

再会したとき、おまえのことはよく覚えているしまた会えて嬉しいと言えばよかった。

ウッドデッキで、噴水前のベンチで、自分の気持ちを正直に伝えればよかった。

けれど、まだ遅くはない。今からでも十分間に合う。

野外劇場が近くなってくると、アーロンの耳は微かな音を拾った。ピアノだ。ステージ上のピアノはリース業者が引き取りに来るまではまだそのままになっている。

流れるようなそのメロディが『陽だまり』の原曲、白雪が音楽室で弾いていた曲だと気づき、アーロンの足はさらに速くなる。

ステージが見えてきた。ピアノの前に座り、滑らかに指を動かす白雪が月の光に浮かび上がる。その顔は、高校のときのように楽しげに微笑んではいない。人形めいている虚ろな表情に、胸が激しく痛んだ。

「白雪！」

そんな大きな声で誰かを呼んだこともなかった。白雪は弾かれたように立ち上がり、アーロンを見て目を丸くする。

わずか数時間前までとはまた違う愛しさが一気に溢れ出す。ずっと一緒にいられますように、と綴られた、細い文字がよみがえる。

「よかった……間に合ったな」

「え……走ってきたの……？」

息を整えるアーロンに、白雪は困惑した目を向けている。

「あ、あの、もうとっくにエドナ国に帰ったかと……」

「いや、帰らない。帰りたくない理由ができた」

迷わずきっぱりと言って、アーロンはステージのほうに進み出る。白雪は意味がわからないといった顔でその場に立ち尽くしている。

「え、あ、そうだよね。今日は大変だったから、出雲君も疲れただろうし……ゆっくり休んでから出発したほうが……」

「白雪、俺はもう、エドナ国には行かないと言ったんだ。ここに……おまえのそばにいる」

白雪はポカンとしたまま固まっている。何を言われているのか理解できていない顔だ。

「おまえ、颯真の誘いを断ったそうだな」

「あっ……」

白い頬が夜目にも染まっていくのがわかる。

「そ、颯真君に、聞いたの……？」

「おまえが、ゴンドラに残した願い事も見つけた」

白雪は片手で口を押さえて一歩下がった。いたたまれなくなったように視線は泳ぎ、今すぐ消えてしまいたいという風情だ。

「ごめん……」

小さなつぶやきが覆った口から漏れた。

「何を謝ってる？」

「出雲君の新たな出発を、僕が邪魔しようとしてるから……本当は行ってほしくないって、思ってるから……」

移ろっていた目が、意を決したようにまっすぐにアーロンに向けられる。

「そうか……だから、だよね？　出雲君がこの国に残るって言ってくれるのは……僕のために？　僕のことが心配だから？」

つらそうに眉を寄せながら、白雪は言葉を溢れさせた。

「引き止めちゃいけないって、わかってるんだ。この国にいるよりもエドナ国に戻ったほうが、君の未来は開けるから……。でも……」

ためらいの間を置き、白雪は自分の気持ちを訴え続ける。もう話す機会がなくなるから、すべて言ってしまおうと思っているのかもしれない。

「本当は、行ってほしくない。……昨日の夜、噴水の前で、僕は自分の気持ちを君に打ち明けようと思ってた。でも先に君からあちらの国に帰ることを聞いて、言えなくなった。君の将来のことを考えたら、行かないでほしいなんてそんなの、言えるわけないよね」

あのとき白雪から告白されていたら自分の決意は変わっていただろうか？ いや、おそらく変わらなかっただろう。彼の願いよりも、自分が勝手に考える彼にとっての幸せのほうを優先しただろうから。

だが今なら、それが間違っていたのがわかる。

「だから、僕のためにこの国に残るって言ってくれてるなら、それは気にしないでほしい。出雲君は、自分のことだけを考えて決めてほしいんだ。僕はもう、大丈夫だから……」

「違う、そうじゃない」

遮るように否定した。白雪の瞳が見開かれる。

「おまえのためじゃない。俺のためだ。俺は自分のエゴイズムで、ここに残ろうとしてる」

『エゴイズム』などというアーロンとは無縁の言葉に戸惑った様子ながら、迷いのない瞳から何かを感じ取ったのだろう。白雪はためらった末、思い切ったようにアーロンを見た。

「あの……聞いてもいい？ 颯真君が別れ際に、教えてくれたんだ。高校のとき僕のピアノを聴いていたのは颯真君じゃなくて、出雲君だったんだって。それは本当……？」

「ああ、本当だ。颯真が聴いていたことにしてもらった。おまえがあいつに好意を持っているると思ってたからだ。そのほうが、喜ぶだろうと」

「出雲君は昔から、そうやってずっと僕を気遣ってくれてたんだね。どうすれば僕が喜ぶか、とか、どうすれば僕が不安じゃなくなるか、とか……そう、なんだよね？」

白雪は、退いた一歩分、もう一度進み出た。少し離れた二人の距離が、また一歩だけ近くなる。

「おまえに笑っていてほしかった。笑った顔が見たかったんだ。それが心から何かを願ったことのない俺の、唯一の願いだった」

教室の隅の席で俯き身を硬くしていた白雪。誰も気に留めない存在感のない彼に対して最初に感じたのはもしかしたら、ともに孤独であるという共感だったかもしれない。何かに導かれるように偶然音楽室をのぞいたときから、その共感は特別な想いに変わっていった。

「おまえには颯真のほうが相応しいと思っていた。おまえの笑顔を守れるとしたらそれは、俺じゃなく颯真だと。だから颯真におまえを任せて、この国を離れることを決めた。だが……」

はっきりとわかった。それは無理だ。

目を閉じればすぐによみがえる旧校舎の音楽室。花畑の中で春風に吹かれているような優しい微笑み。胸に深く染み入る癒しの調べ。

渇いた心を潤すオアシスのような彼の笑顔は、今までも、そしてこれからもアーロンを救い続ける光なのだ。光を失ってしまっては、闇の中でどうして新たな道など見つけることができるだろう。

「白雪、おまえに許してほしいことがある」

さらに一歩ステージに近づくアーロンを、白雪は目をそらさずしっかりと見つめる。アーロンの言葉を一言も聞き漏らすまいとするように。

「俺はこの先、おまえを悲しい目にあわせるかもしれない。おまえの笑顔が、俺が原因で曇ることもあるかもしれない。泣くこともあるかもしれない」

見開かれる澄んだ目。唇が何か言いたげに微かに開かれる。

「苦労ばかりかけるかもしれない。悔しい思いをさせるかもしれない。耐え忍ばなきゃいけない時期もあるかもしれない。それでも、そばにいていいか？」

大きな瞳が見る見る潤み、宝石のかけらのような涙が頬を滑り落ちる。

「おまえにつらい思いをさせることがわかっているのに、それでも俺のものになってほしい。どうしてもおまえといたい。おまえと生きていきたい。こんな自分勝手な俺を、許してくれるか？」

白雪が両手で顔を覆う。肩が小刻みに震え出す。押し殺した嗚咽《おえつ》の合間から絞り出した、震える声がアーロンの耳に届いた。

「許す……全部、許すから……！」

そばにいて、と言いながらステージからふわりと飛び下りる細い体を、アーロンは両手でしっかりと受け止める。彼のぬくもりを感じた瞬間、心の中の満たされなかった虚ろな部分がキラキラと光るものでいっぱいになった気がした。

「出雲君に、わかっていてほしいことが、あるよ。どんなにつらい思いをしても、悲しい思いをしても、君と一緒なら、僕は笑っていられる。逆に、君がいなくなったらもう、笑えない。どんなに、恵まれた環境にいたって、心から笑うことなんて、なくなるんだよっ」

必死で嗚咽をこらえながら、白雪は訴える。離すまいとしがみついてくるその体をアーロンは抱き返す。

「だから、ずっとそばにいて……僕が、笑っていられるように。それで、僕も、君を笑顔でいさせてあげられるように！」

どこにも行かないと約束して、としゃくり上げる背中を撫でる。何度も、何度も。

「ああ、約束する。絶対に離れない。おまえが好きだ、心から」

「僕も好き……ずっと……ずっと前からだよ！」

泣きながら、白雪は笑っていた。そして、アーロンも笑っていた。大切な人をこれから自分が不幸にしてしまうかもしれないというのに、心から笑っていられることに驚いていた。

(ああ、そうか……そうだったのか)

ふいに、ウッドデッキでくつろぐ両親の顔が浮かんだ。二人がいつも笑っていたのは、つらい現実を忘れていたくて無理して笑顔を作っていたのだろうと思っていた。

だが、違った。

二人はただ、嬉しかったから……一緒にいるのが幸せだったから笑っていたのだ。それこそ現実の不幸など入りこむ余地もないほどに、幸福で満たされていた。だから、ああして笑っていられた。

両親の姿が、自分と白雪に変わる。

「おまえを一生、笑顔でいさせてやる。それが、俺の生きる意味だ」

耳もとで誓う。白雪は何度も頷き何か答えようとしたが、さらに激しく泣いてしまってもう声にはならなかった。

家に人を招くのは一人になってから二度目だ。一度目はひと月前、白雪を連れてきてウッドデッキで一緒に茶を飲んだ。

アーロンが自分の気持ちに気づいたあの日、白雪はルシアと自分の仲を気にしている様子だった。あのときは理由がわからず当惑していたが……。

「そうか……そういうことだったのか」

思わずつぶやくと、「え、何？」と携帯電話をバッグにしまった白雪に聞かれてしまった。

「いや、なんでもない」

ルシアに嫉妬してくれていたのか？　と確認し、照れる顔を見てみたいとも思ったがやめておく。照れて、怒って、帰ってしまうかもなどと、そんなことまで心配してしまう自分に呆れる。

「白雪、もしかして俺は結構、鈍感か？」

代わりに尋ねると、白雪はクスクスと楽しそうに笑い「うん、だね。かなり」と悪そうに首をすくめた。

今となっては自覚がありすぎるので反論の余地もない。苦笑し、「それで、家は、大丈夫だったか？」と聞く。

電話で外泊の許可を取っていた白雪が、恥ずかしそうに目を瞬いた。

「うん。出雲君のうちでみんなで打ち上げパーティーをするんだって言ったら、楽しんできなさいって。ちょっと、嘘ついちゃった」

口もとがいたずらっぽく微笑む。

野外劇場で想いを確かめ合った後、白雪が今夜は帰りたくないと言い出した。どうやらアーロンの気が変わり、思い直してエドナ国に行ってしまわないかと心配しているらしかった。不安げな顔の彼をアーロンも放ってはおけず、まだ離したくない気持ちもあって家まで連れてきてしまったのだ。

「母さん、音楽会すごくよかったって。父さんも妹も、おじいちゃんやおばあちゃんまで大絶賛してたって。今度改めて園長さんにお礼を言いに行かなきゃって言ってたよ」

「いや、俺は別に何もしていない。がんばったのはおまえだ。……よかったな」

嬉しさを滲ませ、白雪はコクンと頷く。

最後の曲、『陽だまり』を演奏する前の彼のメッセージは、家族にもちゃんと届いたはずだ。ひきこもっていた白雪を心配していた家族にしたらさぞ嬉しかっただろう。彼らもまた、今夜は笑顔でいるに違いない。

「ああ……そうだ、忘れていた」

そういえば、とアーロンは、ポケットに入れっぱなしになっていたものを白雪に差し出す。ボールチェーンの切れたブルータイガーのマスコットだ。「あっ」と白雪が声を上げる。

「おまえのだろう。青いゴンドラの中に落ちていた」

「よかった！　そうか、あそこに……」

大事そうに受け取り、両手で包む。

「でももう、いらなくなるかも」

「ん？」

「だ、だって……本物がいつも、いてくれるようになるんだから」

小さな声で言ってはにかみながら視線をそらし、アーロンの袖をちょっと摘《つ》まむその仕草に急に体が熱くなってくる。

家に連れ帰ったのはただ、もう少し一緒にいたいという純粋な気持ちからだった。一晩中寄り添って話をして、眠くなったらベッドを貸してぐっすり眠らせてやればいいと思っていた。

だが、恋というのは思った以上に扱いづらいもののようだ。理性では制御できない感情が、じわじわと湧き上がってきそうになるのにアーロンは耐えていた。

「白雪……」

茶でもいれるから居間に、と促す前に「あ、あの……っ」と白雪が袖ではなく腕を摑んできた。

「お願いがあるんだけど」

「ん、なんだ?」

「僕のこと、名前で呼んでほしいんだ。それで……僕も呼んでいい? 颯真君みたいに、君のこと」

アーロンって、とやわらかい響きが耳に届いた瞬間、ふくれ上がった未知の感情が理性に勝った。

「海音」

呼びかけると、大切な人がふわっと嬉しそうに笑う。

「海音、嫌だったり怖かったら正直にそう言ってくれ。今夜、おまえを抱きたい。俺のものにしたい。駄目か?」

来栖ならもっとうまく誘う術《すべ》を心得ているのかもしれないが、アーロンには無理だ。直球すぎて引かれるか、下手をすると逃げられてしまうかと身構えていたが、白雪はびっくりしたように目を見開いてから頬を染めてクスッと笑った。

「アーロンって、思った以上に鈍感だね。それこそ、呆れちゃうレベルで」

「おい」

「だって僕は最初から、そのつもりでついてきたんだよ」

消え入りそうな声で言って、白雪はそっとアーロンに身を寄せてきた。

寝室に誰か他人を入れるのももちろん初めてだった。いつもと変わらぬ殺風景な部屋が、愛しい人を招き入れただけで温かい光に満ちたように感じられる。同時に、これまでその部屋がどんなに無味乾燥で冷え切っていたのかに気づかされた気がした。

白雪の手を引いてベッドに座らせ、アーロンも隣に座った。白雪は目のやり場に困るかのように、クラシックな天蓋つきベッドを物珍しげに見ている。

「海音……俺を見てくれ」

そっと頬に手を当てると、揺れていた瞳がおずおずと向けられる。うっすらと潤んだ瞳は夜空に瞬く星のようだ。こんなに美しく愛しいものを置いて、よく去っていけるなどと思ったものだ。

「大丈夫か。本当に、怖くないか？」

少しでも不安があるなら急がなくていい。彼の心の準備が整うまで待つことができる。

だが、白雪は微笑んで首を振った。

「怖くない。今がいい。でも……ちょっとだけ、手を貸してくれる？」

言いづらそうに請われ手を差し出すと、白雪は両手できゅっとその手を握った。やや緊張気味だった表情がふっとゆるむ。

「やっぱり……効果てきめんだね。アーロンの手、僕にとっては気持ちの落ち着く強力なお守りだ」

嬉しそうに笑う彼の手を握り返すと、アーロンのほうも昂《たか》ぶっていた気持ちが落ち着いてきた。

欲情の炎が愛しさと優しさで包まれる。生まれて来てよかったと彼が思えるくらい、大切に、大切に触れ、愛してやりたいと思う。

「落ち着いたか」

「うん」

「じゃあ、キスをしてくれるか？」

白雪は目をぱちぱちと瞬いてから、意を決したようにアーロンに顔を寄せてくる。桜色の唇がチュッと自分の口に触れ、可愛い想い人はそのまま遠慮がちに頬をこすりつけてきた。

アーロンは怖がらせないようにそっと口を開き、伸ばした舌でザリッと白雪の頬を舐《な》めた。「ひゃっ」と声を出した白雪はくすぐったそうに笑う。

アーロンの大きな口や、のぞく鋭い牙におののく様子はない。頬や首筋を舐められてはクスクスと笑い、白雪は自分も舌を出しアーロンの舌先に触れてくる。可愛らしい舌をくるむように舐めてから口を合わせ、差しこんだ舌で上顎を探った。

「んっ……」

白雪が喉の奥で声を出す。苦しいのかと離れようとしたが、両手が背中に回されしがみつかれた。

人間と獣人では体の大きさがまったく違う。すべてにおいて自分よりも細くて小さい白雪を絶対に傷つけてしまったりしないようにと、アーロンは細心の注意を払いながら彼の口腔内《こうこう》を舐めていく。

昂ぶってくると離れ、見つめ合ってはまた口を合わせ、舌をからませながら、彼の着ているものをはいでいった。抵抗せず、されるがままになっていた白雪は、下着を下ろそうとしたときだけ身をよじらせた。

「……嫌か？」

「っじゃなくて……っ、み、見ても、引かないで」

すがるように見上げてくるその頬は真っ赤だ。下着を押さえている両手をなだめながらはずし、引き下ろした。野の花のように慎ましやかな性器が上を向いて飛び出し、白雪は恥ずかしがってアーロンの肩に顔を伏せる。

キスが気持ちよくて感じてしまったのだろう。自分の荒い舌でも彼を喜ばせることができ安堵すると同時に、体中すべてを味わいつくしたいという欲情が湧いてくる。

「綺麗だ。すごく、可愛い」

正直な感想を伝えると、白雪は顔を伏せたまま、

「ア、アーロンって、そういうことを、言えちゃう人だったんだ……」

と泣きそうな声を出した。

「言わせてるのはおまえだろう。もっと、触れていいか？」

いいとも言われていないのに手を伸ばし、胸の先につんと突き出している桜色の部分に触れた。

「あ……っ」

どうやら感じやすいらしい恋人が体を揺らし、嫌々をするように頬をすりつけてきた。

アーロンは簡単に折れそうな細い首に舌を滑らせながら、両手で胸の飾りを弄ぶ。

どんなに加減しようとしても人間とは力が違う。興奮してくると、しこった蕾《つぼみ》をどうしても強く弾いてしまう。だが、白雪はそのたびに腰を揺らし押しつけるようにしてくるので、どうやら痛くはないらしい。

雫《しずく》をこぼし始める花芯がアーロンの腹のあたりを濡らし、彼の匂いが強くなる。煽《あお》られ、アーロンもたまらなくなってくる。

自分は服を脱がないつもりでいた。獣の毛で覆われた全身をさらして、白雪を怯えさせたくなかったからだ。しかし、その滑らかな肌に自分の肌を直接重ねてみたいという欲望には敵わなかった。

体を離し、服を脱ぎ捨てていくアーロンを、白雪はどこかぼうっとした顔で見つめている。怖がる様子はなく、目はそらされない。

すべてを脱ぎ捨てたアーロンの、おそらくは人間の男の倍はあるであろう剛直を目にしても怯えず、白雪は恥ずかしげに潤んだ目を瞬いただけだった。

「アーロンの体のほうが、綺麗……。たくましくて、青っぽい毛並みがキラキラしてる」

感嘆したように言って手を伸ばしてきた白雪が、そろそろとアーロンの体を撫でてきた。

「ふかふかしてるね……。気持ちいい」

腰に手を回されぎゅっと抱きつかれて、頭が破裂しそうになる。

「海音っ」

「あ……っ」

しがみつきたがる体をベッドに倒し、容赦なく舐め始める。ざらついた舌で尖った乳首を何度も刺激してやると、海音は甘い声を上げて身悶《みもだ》えた。

「あっ、あっ、アーロン……っ、や……っ」

いつも控えめで感情表現も薄めな彼が恍惚《こうこつ》とした顔で身をよじる様はひどく扇情的で、アーロンの欲情も昂ぶってくる。

すっかり上を向いた可愛らしい花芯に慎重に舌を巻きつけると、白雪はひときわ高い声を上げた。痛いのではなく気持ちがいいようだ。刺激が強すぎないように加減しながら根もとから先端に向かって丁寧に舐め上げると、白雪は体を震わせて呆気なく白蜜を噴き上げた。

自分で慰めることもあまりしていなかったのかもしれない。濃厚なそれをアーロンは残《ざん》滓《し》まで綺麗に舐め取る。

白雪の精の匂いに刺激を受け、自分の雄もすでにはち切れんばかりになっている。だが、それを欲望のままに彼の中に突き入れるのをためらうだけの理性はまだあった。そんなことをしたら、腕の中のか細い体を引き裂いてしまうだろう。

快感の余韻に浸る白雪を抱き、あやすように髪を撫でてやりながら、アーロンは欲望を自分で処理するべくさりげなく体を離そうとした。

引き留めたのは白雪だった。

「最後までして」

アーロンの意図を察してか、小さい声がはっきりと言った。潤んだ瞳がすがるように見つめてくるが、アーロンは首を振る。

「無理だ。おまえを傷つけたくない」

「傷つかないよ。それより、してもらえないほうが嫌だ。人間だけど……獣人じゃないけど、僕もアーロンとつながれるし、アーロンに喜んでもらえるって、確かめたいから……」

お願い、と真剣な目が訴えてくる。熱に浮かされ、場の雰囲気に流されて言っているのではないのがわかる。

彼は本気でつながれると思っている。アーロンを受け入れる気でいるのだ。

「海音、おまえ……」

「僕たち、一つになれるよ。僕と君はそうなるために会えたんだって思うから……だから、心配しないで」

大丈夫、と白雪は微笑む。

思いがけない彼の強さをアーロンはその微笑に見る。

白雪はアーロンを受け入れ一つになることで、数少ない獣人としてこれからもこの国で生きていく孤独から救ってくれようとしているのだ。

「おまえを好きになってよかった」

微笑みを返すと、白雪は嬉しそうに目を細め頷いた。

「でも、無理はするな。つらかったらすぐに言え。いいな？」

「うん。ちゃんと言うから……」

来て、と白雪は自分から膝を立て、顔を真っ赤にしながら遠慮がちに脚を開いていく。

不器用な誘い方にかえって煽られ、かろうじて残っている理性が飛びそうになる。

今すぐにでも弾けそうな欲望を抑えながら、彼にとってより楽な体勢を取らせようと細い体を裏返し、尻を上げさせた。

「あ……」

小さな声が漏れ、背中が緊張したのがわかった。

「海音……怖いか?」

「こ、怖くないよ」

と言いながら、体は明らかに硬くなっている。

怖いと正直に言ったら、アーロンがやめてしまうと思っているのだろう。その健気《けなげ》さが愛しくて、アーロンは背中からくるむようにして強張った体を優しく抱いてやる。

ふさふさの毛に覆われた体は温かく、心地よくなり安心するはずだ。獣人でよかったと思うことはこれまであまりなかったが、愛しい人を安心させることができるならこの体にも価値があったと思う。

「わぁ、あったかい……」

つぶやきが届く。腕の中の体がだんだんと弛緩《しかん》してくる。後ろから手を伸ばして胸の粒に触れると、やわらかくなっていたそこはすぐにまた芯を持ち始める。手を下に持っていくと花芯も勃《た》ち上がっており、彼もまた感じてきたのがわかった。

アーロンは体をずらし、白く滑らかな尻を割り広げる。薄桃色の慎ましやかな蕾に舌をはわせると、ふるりと体が揺れた。そのまま丹念に舐めて潤しながら舌を差し入れると、前に回した手でこすってやっていた中心がさらに硬くなった。

「アーロン……もっと、いいよ。痛くないし、気持ち、いいみたい……」

恥じらったような声は、確かにつらそうではない。

長い舌でじっくりと中を探った後引き抜くと、開いた入口が誘うように潤んでいてたまらなくなる。

もじもじと尻を動かし、「もう、いいよ」と急かすのを「まだだ」と止めて、今度は指を差し入れた。ゆっくりと中を探っていくと、白雪が「ひ、あっ」と腰をはね上げた。

「ここがいいのか?」

「う、うん……あっ、ま、待って……そこ……っ」

その部分を繰り返しこすると甘い声が高くなった。指を増やして何度も刺激を与えてやると、白雪は首を振り向けてアーロンを見た。

「も、もう、待てないよ……っ」

快感を抑え切れないという恍惚とした表情はいつものしとやかな彼からは想像もつかないほど蠱惑的《こわく》で、アーロンの自制もついに利かなくなる。

ほころんだ入口に猛《たけ》った己を押し当てると、白雪が「あ……」となまめかしい声を上げた。一気に突き入れたい激情を殺し、ゆっくりと時間をかけて埋めていく。

「あ……あ……っ」

十分ほぐしたとはいえ、相当な質量のものを受け入れさせるのは並大抵のことではない。

白雪が切なげな声を上げるたびにアーロンは動きを止め、彼の中心を慰め、苦痛をやわらげてやる。

「海音……っ、大丈夫か?」

「う、うん、だいじょう、ぶ、だから……も、もっと……っ」

「悪い、止まらない。おまえは、よすぎる……っ」

ぐっと腰を進め一番太い部分を飲みこませると、健気な想い人は背中を震わせて何か言った。嬉しい、と聞こえた。

「あ……あっ、アーロン……っ」

アーロンの耳は白雪が必死で堪えている声も漏らさず拾う。最初はつらそうだったその声にとろけそうな甘さが混じり始めるとともに、花のような彼の匂いも強くなる。

互いに労り合い快感を分け合いながら少しずつ溶け合って、二人の体は完全に一つにつながった。白雪の中に根もとまで己を埋め、アーロンは気が遠くなりそうな快感に包まれる。

「海音……っ」

「いい……っ、アーロン、い、一緒に……っ」

深くつながり合うだけではもう足りない。ともに絶頂を迎え、初めての景色を見てみたかった。

大切な人を傷つけないよう、アーロンは静かに動き出す。

「海音……海音、おまえを、愛してる」

「うんっ……僕も、愛してるよ……っ」

白雪が何度も頷きながら、アーロンの動きに合わせ体を揺らす。体とともに愛しさも重ね合わせ倍にして、二人は同時に極めた。

白雪の優しさに包まれ弾けた瞬間、アーロンは光を見た。それは、自分に新たな道を示してくれる尊い光だった。

（おまえの笑顔を守るために、これからは生きていこう）

心の中で誓うと、まるでその想いを受け取ったかのように、愛しい人が首を振り向けて微笑んでくれた。


窓からやわらかい陽が差しこんでくる。結局一睡もせずに、恋人の寝顔を見ながら夜明けを迎えてしまった。

さすがに疲れたのか、白雪はアーロンの胸に身を寄せてすうすうと寝息を立てている。あどけない寝顔が純真で可愛くて、起こさないようにそっと髪を撫でてやる。

「ん……」

白雪が身じろぎし、もそもそと手を伸ばしぎゅっとしがみついてきた。

「あったかくてふかふかで、気持ちいい……僕って本当に幸せものだ……」

彼氏が獣人さんで、という小さなつぶやきと笑う気配が届く。アーロンの口もとも思わずほころび、髪をくしゃくしゃとかきまぜてやった。

夢中になっているときは意識しなかったが、熱が落ち着き冷静さが戻ってくるとどうにも照れくさい。それは相手も同じだったようで、そろそろと見上げてくる目は恥ずかしそうだ。

顔を見合って同時に笑ってしまった。昨夜から、もう何度こんなふうに自然に笑っただろう。恋というのは本当にすごいものだ。

しばらく見つめ合ってから、白雪がふと思いついたように口を開いた。

「あの、一つ聞いてもいい？」

「なんだ？」

「アーロンは、いつから僕のことが好きだった？」

「おまえ……そんなことが知りたいのか」

こういう甘い会話はなんとも慣れず、照れくささを通り越してつい渋い表情になる。ほんの二十四時間前の白雪だったら、そんなアーロンの顔を見ればあわてて謝ったところだろうが、恋人になった彼は「うん、知りたい」と笑って見上げてくる。

敵わない。降参だ。

「音楽室を初めてのぞいたときだ。ピアノを弾いているおまえを見て、心惹かれた」

あのときの彼の姿はおそらく一生の宝物として、アーロンの胸の中でこれからも輝き続けるだろう。

「だったら、僕の勝ちだ」

白雪が嬉しそうに言う。

「ん？」

「僕は、高校の入学式のときだから」

好きになったの、と白雪ははにかみながら口にする。

「冗談だろう？」

一年生のときはクラスは違っていたし、入学式に至っては彼の存在すら知らないときではないか。

「本当だよ。入学式の日に君を見て、すごいかっこいいなって見惚《みと》れた。君はすごく目立っていたから、僕だけじゃなくみんなが見てたけど」

覚えている。高校進学とともにまたそれまでとは面子《メンツ》の違う集団に放りこまれ、新たな好奇の視線を浴びて閉口したものだ。

「話してみたいなって、ずっと思ってた。でも、僕にはそんな勇気到底なくて……そっと見つめてるだけで十分だったんだ」

あまりにも大勢に注目されていたので、控えめな白雪の視線にはまったく気づかなかった。

「二年生になって同じクラスになったときは内心舞い上がってたよ。けど、前も言ったけど僕は、君みたいに完璧な人には軽蔑されてるんじゃないかと思ってたから。君と噂を立てられたときね、申し訳ないと思いながらも、実は少しだけ、嬉しかったんだ」

「嬉しい？　おまえ、あれが原因で学校にも来られなくなったじゃないか」

「そうなんだけどね。好きな人と噂になるとか、やっぱりちょっと嬉しいよ」

照れたように首をすくめながら、白雪はとっておきの秘密を話してくれる。

「俺にも聞きたいことがあるぞ。結局おまえ、颯真のことはどうだったんだ？　好きだったんじゃないのか？」

妙に勢いこんで聞いてしまうと、白雪は目を丸くしてからはぁっと溜め息をついた。どうやら呆れられているらしい。

「颯真君はみんなのアイドルだったから、確かに憧れはあったよ。彼みたいになれたらなあと思ってた。何より彼は物怖《ものお》じしないで君と話せてたし、うらやましいなって」

「なっ……それだけなのか？　それじゃ、軽音部の見学に来てたのは……」

「うん、君目当てだよ。たまにバンドの助っ人してるの知ってたし。音楽が好きっていうのももちろんあったけどね」

　申し訳なさそうに白雪は首をすくめる。

「気づかないのも無理ないよね。だって、アーロンは僕のことをまったくそういう対象として見てなかったでしょう？　同性だからっていう以前に、人種が違うからって」

　だから僕が颯真君を好きとか誤解しちゃうんだよね、と、ややじとっとした目を向けられ、今度はアーロンが自分に呆れ、嘆息してしまう。

　まったくそのとおりだ。周囲から異物を見るような目を向けられるのを不快に思っていたのに、実は自分のほうからしっかり境界線を引いていたのだ。人間とはわかり合えないと決めつけていた。

「もっと早く、自分の考えが間違っていることに気づくべきだったな。それで、おまえに声をかければよかった」

　そうしたら、二人の仲はもう少し違うものになっていたかもしれない。

　けれど、白雪は笑って首を振る。

「でもね、僕たち、そういうすれ違いを経験してきたからこそ、今こうなれてるんだって思うんだ。だからきっと、これでよかったんだよ」

　離れていた期間があったから、再会してからの日々がより輝くものとなった。惑い、悩みながらやっと手に入れられたものが、改めて得難い宝物のように大切に思える。

「おまえの言うとおりだな」

さっきくしゃくしゃにした髪を撫でて整えてやると、白雪は嬉しそうに微笑んだ。

これからは、彼のこの笑顔を守っていく。それがアーロンが見つけた新しい道だった。

彼が笑顔で暮らせる世の中にするために、両親の遺した夢をこれからも継いでいこう。もっともっと大きな夢に育てて実現していこう。そして、この冷たい世界を温かいものに変えていこう。

それはもう、両親だけの願いではない。これからは白雪とともに紡いでいく、アーロン自身の願いだ。

「海音」

「うん」

「実は、俺にもやりたいことができた。聞いてくれるか？」

頷く恋人の瞳が窓から差しこむ朝の陽に輝く。その光がともにあれば、どんなことがあろうと恐れる必要はない。

身内にみなぎってくる熱いものを感じながら、アーロンはこれから一生をかけて叶えていきたい夢を恋人に語り始めた。

＊＊＊

休日の昼下がり、ウッドデッキは心地よい陽だまりに包まれている。テーブルには飲み物と菓子がふんだんに用意され、客を迎える準備は万端だ。

「おい海音！　テーブルの真ん中が空いてるが、何を置くんだ？」

家の中に呼びかけると、

「今ケーキを仕上げてるんだ！　ちょっと待ってて」

と弾む声が返ってきた。張り切りすぎだろう、とアーロンは思わず笑みを漏らす。

ちょうど二年前に白雪と想いを通わせ結ばれて、その一年後にはアーロンの家で一緒に暮らすようになった。

——もっともっと、毎日一緒にいたいから。

そう言って、スーツケースに荷物を詰めて実家を出てきた彼が、玄関の戸を開けたときはびっくりした。こいつはいつのまにこんなに行動派になったんだと驚いた。

もちろんアーロンも同じ気持ちではあったが、やはりそういうことはきちんとしたいと白雪家に挨拶にも行った。それまで何度か顔を合わせ良好な関係を築いてきた白雪の両親の反応は、アーロンが予想していたよりもずっと好意的だった。彼らが多少懸念していたのは同性同士の二人が好奇の視線にさらされるかもしれないことだけで、息子の相手が獣人ということではなく、アーロンの心配は杞憂に終わった。

息子さんに苦労をかけるかもしれないと頭を下げるアーロンに、白雪の母は言った。

――出雲さんとする苦労は、海音にとっては苦労のうちじゃないみたいですよ。

そう言って微笑んでくれたその顔が今も支えになっている。

「はい、お待ちどうさま！」

小柄な体が隠れてしまうくらい大きな三段のデコレーションケーキを両手で持って、恋人が現れる。危なっかしくて見ていられず「ほら、よこせ」と引き取って、テーブルの中央に置いた。なかなか見事だ。

「昨日からがんばってると思ったら……これを作ってたのか」

「今日はお客さんをたくさん呼んでるからね」

力作を満足そうに見ながら白雪が頷く。

昔はウッドデッキでよく家族パーティーを開いていたんだと話したら、それをまたやろうと言い出したのは白雪だった。人が集まる場があまり得意でない彼が、名案とばかりに手を打って。以来月に一度、月末の土曜日にティーパーティーを開いている。

招待客が誰一人来なかったというエピソードを特に悲愴《ひそう》感もなくさらりと語ったつもりだったのだが、恋人は胸を痛めたのかもしれない。アーロン自身も忘れかけているような心の傷を、彼はいつもこうして癒そうとしてくれる。

「おまえの家族は、何時頃来る？」

「多分、三時半頃かな。あと、社長……颯真君と、ルシアさんも来るんだよね？」

「ああ。ルシアとトニオはちょっと遅れるかもしれないと言っていた。それと、聞いて驚け。ルシアにくっついてイゴールも来るらしい」

「えっ、イゴールさんが！　わー、それは緊張するね。最高の紅茶をお出ししなきゃ」

あわてふためきながらも白雪が嬉しそうに笑う。恋人になってからは、彼のこんな笑顔を見る機会がどんどん増えている。

白雪は音楽会以降来栖の会社に勤め、ドリームランドで毎月開かれるようになった会の企画を担当している。もちろん本人も演奏者としてステージに上がり、癒しの調べのファンを増やしている。

何度経験してもやはりまだステージは緊張してしまうようで、本番前にはアーロンの手をぎゅっと握るのを忘れない。

「本当はルシアの父……エドナ国王も来たがってるんだけどな。さすがに難しいらしい」

苦笑するアーロンに恋人は目をまん丸にした。

「陛下がうちにっ？　そんな、どんなご馳走をお出しすればいいのか見当もつかないよ！」

「おまえに会いたがっていたぞ。今度、向こうの園の準備作業で行くとき一緒に行くか？」

「い、いいのかな……？　うん、行きたい」

白雪がわくわくと頷く。

アーロンは今、エドナ国に同じような遊園地を作るべく奔走していた。

この二年でドリームランドもかなり進化し、遠くからも来園者が訪れる人気テーマパークに生まれ変わっていた。今はもう一歩進んでエドナ国にも姉妹パークを作り、人間と獣人との交流の場を広げようと計画しているのだ。

園の建設に関してエドナ王家の後援を得る代わりに、アーロンは獣人国王が頭を悩ませる種々の相談に乗っている。そうした経緯であちらの国に足を運ぶことも増え、旅行がてら白雪を同行させたとき国王にも紹介したのだ。

「王はおまえのピアノを気に入っているからな。またせがまれるぞ」

「畏れ多いよ。でも喜んでいただけるなら、陛下のお好きな曲を練習しておかなきゃ」

人間に偏見を持っていた王家に仕える獣人たちも、ふわりと優しい性格の白雪とそのピアノ演奏に癒されるのか、今ではすっかり好意的だ。ドリームランドで開催される音楽会でも、客席が人間と獣人に分かれたりすることはなくなってきた。

少しずつ、本当に少しずつだが、アーロンたちの夢は確実に実現に向かっている。

もちろん、ここまで来るのにいいことばかりだったとはいえない。つらいことも、悲しいこともたくさんあった。だが白雪といれば、どんな苦難もたいした問題ではなくなった。どんなことがあっても、二人なら笑顔でいられた。きっとこれからもその笑顔が失われることはないだろう。

白雪が腕時計を見た。招待時間の三時をもう過ぎている。

「えっと、今日はお客さん、七人は来てくれそうだから……ケーキもお菓子も十分間に合うね。余ったらみんなに持って帰ってもらおう」

指を折って微笑む恋人の顔がほんの少しだけ寂しそうなのに、気づかないわけがない。アーロンが手を伸ばし優しく髪を撫でてやると、白雪は大丈夫だよというように頷いた。

軽やかな音を立てて、ドアベルが来客を告げる。

「あ、母さんたちもう来たのかな。行ってくるね」

身をひるがえし駆けていく背中を見ながら、アーロンは軽く嘆息する。

ティーパーティーの招待状は毎回隣近所にも渡している。けれど、これまで一度も来てもらえたことはない。この周辺は高齢者が多く、獣人に対する拒否感が強いのだろう。あからさまに嫌がらせをされるようなことはないが、白雪が話しかけようとしても皆そそくさと家に入ってしまうようだった。

焦らずいこう、と二人で話している。普通に接していればいつかきっと、心の垣根が自然に取りはらわれる日が来るに違いない。

（遅いな……）

白雪が客を出迎えに行ってもう数分経つ。ウッドデッキは、門から入り家の側面を回りこんだ反対側になる。それほど広い敷地でもないのですぐに現れるはずだが……。

「アーロン……」

心ここにあらずといったふわっとした声に顔を上げると、空白の表情でふらふらと戻ってきた恋人と目が合う。

「海音？　どうし……っ」

彼の後ろに続いて入ってきた二組の老夫婦を見て、アーロンも言葉を呑みこむ。

「お向かいさんと、お隣さんが……」

白雪の声が震え、その瞳が見る見る潤んできた。

アーロンの姿をチラリとでも見れば家の中に駆け戻っていた近隣の夫婦たちが、硬い表情で会釈してくる。

「その、ご招待いただいたので……」

「ちゃんと、ご挨拶したこともなかったしね」

「いい機会だからお邪魔しようかって……」

気まずげに言い訳をする客たちに、アーロンは「ようこそ。皆さんを歓迎します」と丁寧に頭を下げる。

白雪が嗚咽をこらえるような声を出し、すばやく涙を拭った。その背に手を置き撫でてやりながら、アーロンは居心地悪げな客人たちに笑顔を向ける。

「さぁ、どうぞ。座ってください。海音、どうする？　これじゃ椅子が足りないぞ」

「あっ、うん！　僕中から持ってくる！」

「あ、私たちも手伝いますよ」

「おっ、こりゃあ見事なケーキだね。とてもおいしそうだ」

「次は私たちも何か作ってこようねぇ」

固まっていた空気がほぐれ、笑顔が交わる。今日は素晴らしい日だ。夢がまたもう一歩、前に進んだ。

椅子を取りに家の中に入りかけた白雪が振り向き、アーロンに満面の笑みを向けた。笑顔で頷き、アーロンは空を見上げる。注ぐやわらかい陽差しの中に、両親の嬉しそうな眼差しを感じた気がした。

あとがき

はじめまして。こんにちは。伊勢原ささらです。このたびはこの本『獣人王子のいとしい人～奇跡の観覧車は愛を運ぶ～』をお手に取ってくださりありがとうございます。

獣人の攻め様、しかも王子様といえば、文句なくかっこよく、堂々としたスパダリで、当然あっちのほうもすご……し、失礼しました（汗）。とにかくそんなパーフェクトな人をイメージされた方が多いと思いますが、今作の主人公・アーロンはちょっと違います。普通の青年のように悩んで、大好きな人の幸せを祈りながら見守って、自分の夢を探していく。そんな等身大の庶民派王子様でしたが、いかがだったでしょうか。皆様のご期待を裏切り、がっかりさせてしまったのではと少々心配しております。受けの海音も心優しい悩めるひきこもり青年で、なかなか距離を詰められない二人の恋にじれったさを感じられたかもしれません。純真な二人の初恋の物語、と広いお心で受けとめていただけましたら幸いです。差別のある国で大切な人の笑顔を守ろうとする二人のお話が、読者様の胸に何か温かいものを、そして唇に微笑みをお届けできていますように。

プロフィール欄にも書きましたが、地元デパートの屋上遊園地が閉園になったのが、今作を思いついたそもそものきっかけでした。その遊園地の小さな観覧車に乗ってぼんやり景色を眺めていると、不思議と気持ちが落ち着いてきたのを思い出します。いつ行っても私以外に乗る人のいなかったあの観覧車が、『乗ってくれてありがとう』と言ってくれていたような気がしていました。今は、私から言いたいです。この大切な物語を書かせてくれて、本当にありがとう。

八千代ハル先生の美しく素敵なイラストが、物語に華を添えてくださいました！　かっこよすぎるブルータイガー獣人のアーロンと清楚で可憐な海音が理想以上で感激です。先生のカラーの色使い、本当に素晴らしいです。感謝でいっぱいです。

担当様はじめ、刊行に関わってくださった皆様にも心から感謝申し上げます。そして読者様、本当に、本当にありがとうございます。感謝の言葉をどれだけ重ねても想いを伝えきれません。皆様がいつも笑顔でいられますよう、これからも日々祈っております。

伊勢原　ささら

伊勢原ささら先生、八千代ハル先生へのお便り、
本作品に関するご意見、ご感想などは
〒101-8405
東京都千代田区神田三崎町2-18-11
二見書房　シャレード文庫
「獣人王子のいとしい人～奇跡の観覧車は愛を運ぶ～」係まで。

本作品は書き下ろしです

CHARADE BUNKO

獣人《じゅうじん》王子《おうじ》のいとしい人《ひと》～奇跡《きせき》の観覧車《かんらんしゃ》は愛《あい》を運《はこ》ぶ～

2021年10月20日　初版発行

【著者】伊勢原《いせはら》ささら

【発行所】株式会社二見書房
東京都千代田区神田三崎町2-18-11
電話　03(3515)2311［営業］
　　　03(3515)2314［編集］
振替　00170-4-2639
【印刷】株式会社 堀内印刷所
【製本】株式会社 村上製本所

ISBN978-4-576-21150-3

https://charade.futami.co.jp/